JN126530

あおぞら町
春子さんの冒険と推理

◆

柴田よしき

コスミック文庫

目次

春子さんと、捨てられた白い花の冒険

1

システムを終了させ、パソコンの電源を切る。

カレンダーに書き込まれた試合予定をチェックする。今日はホームゲームではないから、地元ケーブルテレビでの試合放送がない。

壁の時計を見た。午後四時二十分。試合開始は午後一時、三時間二十分だと、試合が終わった頃かしら。スマホをオンにして確認したけれど、LINEにメッセージは入っていない。

新しいスマホ、欲しいな。六年前に買ったスマホは、最近ちょっと動作が怪しい。そろそろ買おうかな。

買いたい、と言えば、拓《たく》ちゃんは、いいよ、と言ってくれるだろう。いや、別に拓ちゃんにゆるしてもらう必要もない、そのくらいの貯金はあるもの。

でも決心がなかなかつかない。余分なお金は一円だってつかいたくない、という気持ちが強い。

専業主婦になった、というのはこういうことなのだ。春子《はるこ》は思った。自分自身の収入がない、というのは、こういうこと。

　貯金はつかえば減ってしまう。先のことを考えると、それが怖い。

　仕事、辞めなければよかった。ちょっと後悔。毎日一度は後悔している。看護師になって三年、やっと仕事の面白さがわかって来たところだった。本当は辞めたくなんてなかった。でも自分のことは自分がいちばんよくわかっている。それでなくても看護師はハードな職業だし、勤めていた総合病院は夜勤も多かった。結婚しても続けていくには、拓ちゃんの職業が特殊過ぎた。

　人生は長い。そして、拓ちゃんが今の仕事を続けられるのは、どんなに長くてもあと十五年……は、ないだろうなあ。拓ちゃんは今、二十五歳。めいっぱいがんばってもあと十年くらいだろうか。

　看護師の資格は一生もの、拓ちゃんが今の仕事を辞めて、もう少し普通の仕事に就いてから、わたしも看護師に復帰すればいい。そう思った。その時までは、できるだけ頑張って拓ちゃんを支えよう。そう決めた。

　古くさい女、かも。でも仕方ない。それが自分なんだもの。

　あくびをひとつして、テラスに出た。テラスは東向きなので午後は日陰になるけれど、気温が高いので、朝干した洗濯物はカリカリに乾いている。手早く取り込んでたたみ、アイロン掛けが必要なものを仕分けして、残りをクローゼットやらリネン棚やら箪笥やらにしまった。拓ちゃんが留守だと、洗濯物はちょっとしかない。

角部屋で、広いテラスが付いているところが気に入って新婚の住居と決めたマンション、拓ちゃんの職場まで車で十五分。でもその車を置く駐車場が問題だ。マンションの敷地内駐車場は昇降型、拓ちゃんの車は大きな四輪駆動なので入らない。仕方なく、徒歩五分のところに駐車場を借りている。

春子は少しだけ、ムカムカしている。

拓ちゃんの職場での立ち位置からしたら、四輪駆動の、しかも外車なんてすごく贅沢だと思う。駐車場代もメンテナンス費用もばかにならない。けれど、その車が拓ちゃんにとって、ほとんど唯一の趣味だということは理解している。車を取り上げてしまったら、きっと拓ちゃんは意気消沈して、魂の抜け殻のようになってしまうだろう。男ってまったく、やっかいだ。

洗濯物を片づけてしまうと、あとは買い物をして夕飯を作るだけ。でも夫がいない一人の夕飯の為に、わざわざ買い物に出るのも億劫だった。こういう時は、冷蔵庫の整理を兼ねて残り物で済ませてしまうに限る。テラスの気温もだいぶ下がった気がする。そろそろ水まきしてもいいかな？

テラスには所狭しと植木鉢やプランターが並べられている。春子、という自分の名前にこだわっているわけでもないのだが、植物を育てることは子供の頃から好きだった。けれど、豪華な花がつく園芸品種にはあまり興味がない。夏は野菜の鉢が半分以上を占めている。

今さっき洗濯物を取り込むのに出たばかりのテラスにもう一度出て、ホースを蛇口にセットした。蛇口をひねり、ホースヘッドのハンドルを握ると勢いよく水が飛び出す。小さな虹ができて、その向こうに街が広がっている。

春子は、このひと時がとても好きだ。

夏の空気の中で少し元気を失っている植物たちに、たっぷりと水を与える。土の匂いがふわっと立って、葉が一斉に溜め息をついたように思える。ああ、今日も暑かったなあ。やれやれ、やっとお水がもらえたよ。

トマトの苗は全部で五つもある。春子は、トマトという野菜がとにかく好きだ。食べるのも、見た目も、育てるのも。黄色い花も、そして青臭い葉の香りまで。

プチトマトがいくつか、赤く色づいている。でも収穫は午前中にすることにしているので、明日の朝までお楽しみはとっておく。

鉢のひとつずつ、確認しながら水を与える。枯れた枝葉はとって、不自然に元気がない子がいないかどうかちゃんと調べる。昨日まで元気だった花がいきなりしおれ始め、枯れ始めたら、黄金虫の幼虫が悪さをしている可能性がある。

あ！
春子はハンドルを握った手をゆるめ、水を止めた。
そっと鉢の中を覗き込む。
やった！　嬉しい！
待ち望んでいた瞬間だった。この夏の、ささやかなイベントの始まりだ！
でも、どうしよう。
これは……足りない……よね。
困った。なんとかしなくちゃ。なんとか。

2

「時間あるならお茶してかない？」

牧野《まきの》美雪《みゆき》が春子の肩をぽん、と叩いて言った。

「ちょっと相談もあるし」

「相談？」

「うん。ま、行こ」

民間の調理師学校に併設されたスポーツ栄養学基礎講座は週に三回。半年間勉強して試験に合格したら、スポーツ栄養士養成講座に進級できる。看護師の国家試験を受けた時のことを思えば、勉強そのものは苦ではなかったが、電車を乗り継いで家から一時間かかる通学時間は、けっこう遠いなあ、と思う。看護専門学校に入学した時から結婚するまで、春子はずっと寮暮らしだった。看護学校の寮も、卒業して就職した病院の寮も、自転車で十分程度のところにあった。だから乗り継ぎ含めて一時間の電車通学というのは、最初の頃は新鮮で楽しくもあったのだが、三ヶ月を過ぎると少々面倒になっている。

学校のすぐ近くにあるカフェテリアは、美雪のお気に入りだ。とてもお洒落で、さすが青山通り、という風情なのは認めるけれど、アイスティーが六百円、というのは春子のお財布にはかなり痛い。

「園田《そのだ》さんはどうするの？　今の講座終わったら進級する？」

美雪は言ってから、へへ、と笑った。

「春子さん、って呼んでもいい？」

「いいけど……と言うか、春子、でいいですよ」

「じゃ、春ちゃん。講座も半分終わっちゃったけど、あんまり話したことなかったね」

「ですね。……うち、遠くて、遊んで帰ると夕飯のしたくが間に合わなくて」

「あ、どこだっけ」

「埼玉です。一時間かかりますよ、地下鉄と私鉄乗り継いで」

「そうなんだ。じゃ、今日もまずかった？」

「ううん、今日は夫が留守だから」

「遠征？　どこ？」

「仙台です」

「野球の二軍も遠征あるんだ」

「イースタンに仙台のチームが入ってるんで、定期的にあるんです。他にも地方球場で試合することもあるし。サッカーはあるんですか」

「あるどころか」

　美雪は肩をすくめた。

「サッカーってやたらと地方遠征よ。でも試合は基本、土日だけだから」

「あ、そうなんだ。ごめんなさい、なんにも知らなくて」

「お互い様よ。わたしも野球のことなんにも知らない。てゆーか、サッカーのことも未だによくわからない」

　美雪は笑った。

「モデルクラブにいた頃、毎週どこかの合コンに呼ばれてたの。わたしけっこう上昇志向強くてね、ほんとは女優になりたいなんて思ってた。自分の実力もわかってないのに、生意気よね。だから結婚なんかする気、なかったのよ。合コンに出てたのは、先輩モデルから強制的に出させられたからだもん。断るといろいろ陰湿にいじめられるから、断れなくてさ。野球選手とも二回くらいやったかな、よく憶えてないんだけど。何しろ毎週だもんね、それにろくに自己紹介もしないでしょ、ああいうのって。向こうは女の子の顔と胸しか見てないし、こっちもまあ、顔と、それから年収しか気にしてなかったりして」

　ぺろっ、と舌が出る。こういうのをコケティッシュ、って言うのかな、と春子は美雪を観察する。美人で、スタイルもいい。化粧ももちろん上手、着ているものも垢抜けている。でも少し、疲れて見えた。

「なんとなく流れでお持ち帰りされて、一回きりだろうと思ってたのに電話が来て。それでだらだらつきあってたら、デキちゃって。ぜったい嫌、子供なんか産まない、おろす、結婚なんかしない、って思った。……でも、うちのがね、子供できたって知った時、マジに感動して……目をうるうるさせて言ったのよ。結婚しよう、って。ああもう、女ってそういうの弱いよね。気がついたら式場選んでドレス発注してたわよ。あなたは？」

「あ、わたしは……その……幼なじみなんです」

「え？」

「えっと……わたし子供の頃、少年野球チームにいて」

「えーっ、マジ？」

春子はうなずく。

「それで、夫もそのチームにいて」

「うわ、じゃそれ以来ずーっとつきあってたの」

「あ、いえ、そうじゃなくて。夫のほうが学年が上で、先にチームを卒業しちゃったんです。学校が違っていたんでそれっきり、連絡もとってませんでした。わたしは中学からソフトボール部入って高校でも続けようとしたんですけど、怪我して」

「え、ほんとに」

「膝の十字靭帯切ったんですよね。手術して、一年くらいで復帰できるって言われたんですけど……その頃に、自分の実力はもう把握できてましたし、一年リハビリして復帰したところで、大学にでも進学してないとソフトボールは続けられないな、って。社会人チームにスカウトされるような選手じゃなかったし。それですっぱりやめて、専門学校に入って看護師になったんです。で、就職した病院に、夫になった人が担ぎ込まれて来まして」

「すごーい、運命の再会！」

「はい、実際ものすごくびっくりしました。でも最初はわからなかったんですけどね、顔を見ただけじゃ、お互い。で、名前で判って、二人で大笑い。それからなんとなく、退院してからもご飯とか誘われて」

「へええ。なんかいいね。ほんわかしてて」

「親には大反対されましたけどね。二軍選手じゃ、来年どうなるかわからない生活でしょう。かと言って看護師の仕事を続けるのは、不器用なわたしには無理でしたし。でも覚悟はできてるつもりなんです。いざとなったら復帰して働けばいい、って」

「いいなあ、資格持ってるって強いよね。わたしなんかなんにもないし。で、さっきの話だけど、わたしは進級しようと思ってるの。スポーツ栄養士の資格にどのくらいの価値があるのかわからないし、仕事になるのかどうかもまだ調べてないけど、来年の保証がないのはサッカーも一緒だものね。今の成績だとチームは来年J2に降格しそうだし、そうなると大ナタふるわれるだろうから……うちのも、もう二十九なのよ、今年。そろそろかなあ、って……」

美雪は眉を少し寄せた。

「子供はまだ三歳でしょ、実家が近いから何かと言えばわたしの母親が面倒みてくれてるけど、この先教育費とかどんどんかかるようになるし。わたしの母親が元気なうちに仕事して、お金貯めとかないとなあ、って。でも」

美雪は言葉を切って、それからひとつ溜め息をついた。

「それよりね……ごめんなさい、こんな話いきなりしちゃって。でもチーム内の奥様連中には話せないいし、春ちゃんなら少しは境遇似てるのかな、って……わたしね、離婚、考えてるの」

春子はアイスティーのストローから口を放した。そのまま口をあけて美雪を見つめてしまった。

美雪は、特に深刻そうな顔もしていない。上手に化粧した、元モデルらしい美しい顔のままで、人生の岐路に立っている。

「情けない話よね……浮気されちゃった。うちの程度の選手でもさ、プロのサッカー選手ってだけで女の子は寄っていくから。まあ、最初にそのことはある程度覚悟していたのよ。たまーに、わたしにバレないように、遊んじゃうくらいだったらいいか、って。なのにさ……シロートの女の子に手を出して、それでその女の子がうちのとホテルのベッドにいる画像、Twitterで流したのよ。リベンジポルノってやつ。まさかね、女の子のほうからやられるとはね」

美雪は乾いた笑い声をたてた。

「まったくもう、みっともないったらありゃしない。問い詰めたら、もう一年も前からつきあってたらしいの。で、そろそろヤバいかなって別れ話切り出したら、キレられて画像公開〜。ばかみたい。なんかさ、不思議なくらい相手の女の子には腹が立たなくて。というか、気持ちわかっちゃうというか。ファンの女の子に手を出して、一回だけの間違いならまだしも、それからずるずるとつきあって、面倒になって来たら別れよう、なんて、どの面《つら》さげて言ったんだろう、うちの人。人として間違ってるよね。浮気されたことよりも、自分が愛していた男がこんなに駄目な奴だったのか、っていう失望感が強いのよ。要するにあの人は、愛する、ってことをすごく軽く考えてたんだな、って。わたしが妊娠してるって判った時に涙ぐんだのも、自分の遺伝子が残せることに感動してたんであって、別にわたしじゃなくても他の女の子でも良かったんだろうな、って」

「そ、そんなことはないと思うけど……」

「だめなのよ、今は。考えるとどんどん、あの人のこと嫌いになっちゃうの。悪いほうにしか考えられない。だから考えないようにして生活してるんだけど……とにかくシーズンが終わるまでは、サッカーに集中させてあげたいって気持ちはあるし。ま、わたしがいくらそう思ってても、インターネットでは下半身駄目男ってことで大騒ぎなんだけどね」

美雪はまた笑う。

「春ちゃんのダンナさんも、モテるんでしょ？」

「うちのは二軍だから……イケメンでもないし」

「でもファンはついてるわよ。ユニフォーム着てるだけで吸い寄せられる女の子はいっぱいいるんだから、ああいう世界って。あ、ごめんなさい、余計なこと言った。でも、いざという時にどうしたらいいのかは、考えといて損はないと思う。覚悟していても、やっぱショックだし、途方に暮れるもんね……」

3

悪い夢を見て目が覚めた。

春子は布団から起き上がり、自分が夢を見ていたことを再確認してからトイレにたち、冷蔵庫から麦茶を出して飲んだ。

あんな話、聞いたからだ。夫の浮気。離婚。世間にはすごくよくあることなのだろうけれど、正直、春子はあまり考えたことがない。拓郎《たくろう》が浮気をする、という状況が、春子にとっては想像の外なのだ。頭がお花畑、と笑われるだろうけれど、拓郎が自分を裏切ることはない、と信じている。

でも。

夢の中で、拓郎はとてもスタイルのいい長い髪の女性と抱き合っていた。

拓ちゃんのばか、と春子は泣いていた。

突然出て来た美雪が言った。離婚しなさいよ、あなたも。したほうがいいわよ。

もう一杯麦茶を飲み、キッチンの時計を見ると午前六時少し前。毎朝目覚まし時計は七時にセットしているので、少し早い。けれど寝直す気にもなれなかったので、リビングのカーテンをあけ、テラスに出た。

夏は朝がいい。気温も低いし、風はまだいくらか乾いている。けれど、日が昇ってしまうと東向きのテラスはぎんぎんの陽射しに照らされる。すでに朝日が燦々と降り注いでいて、今日も暑くなりそうだとわかる。

洗濯機のタイマーは起床時刻と同じに設定してあるので、まだ洗濯機は作動中、せっかく早起きしたのに洗濯物が干せない。

春子は大きくのびをしてから、手すりに頬杖をついて眼下の町並みを眺めた。

角部屋でベランダと広めのテラスが付いている割には家賃が高くない、という点が気に入って入居したこの古いマンションは、でも古いだけあってなかなかいい立地条件のところに建っている。もともとは丘の上だったのだろう、ゆるゆるとした坂をのぼって辿り着く。春子と夫の甘い生活を支える部屋は、三階の2ＬＤＫ。時代遅れの部屋配置で、五十六平米しかないのに無理にＬＤＫと他に二部屋もあるせいで、どの部屋もとても狭い。実質三畳分ほどしかない部屋は物置として使うしかなかった。なにしろ拓郎の仕事関係の道具がやたらめったら多いのだ。

あとひと部屋は和室で、夫婦の寝室を兼ねている。

けれど、部屋は狭くても東向きのこのテラスがあるおかげで、とても気持ち良く暮らすことができた。近隣住宅の日照権に関係する問題なのか、マンションの四階から上は東側が階段状になっている。下の階よりもワンルーム分ずつ部屋が少なくなっているらしい。テラスはその減った面積分あるので、とても広い。

春子はそこに好きな植物の鉢をところ狭しと置き、ハーブやトマトなども育てている。そして毎朝洗濯物を干すたびに、育てた緑の植物に囲まれて深呼吸し、青空市《あおぞらし》を眺める。

眼下に見えている町は、日本中どこにでもある住宅街だ。新興というほど新しくもなく、高級というほど家々が大きいわけでもない。たぶん二十年か三十年くらい前に分譲された住宅地で、ぽつりぽつりと空き地があるのは、代替わりか何かで去って行った家の跡地だろう。築三十年近い一戸建てでは建物の価値はほとんどないから、更地にしたほうが売りやすい。ちょうど視線の先に、ゴミ集積所が見えている。マンションと違って一戸建てはゴミの扱いがやっかいだ。どうしても、誰かの家の近くに集積所が決められてしまう。町内会で当番制で掃除をしていても、集積所が近い家ではゴミの日のたびに朝から掃除である。春子の実家がまさにそうだった。母はそのことで、週に二回は愚痴をこぼしていた。ネットをかけてあってもカラスがゴミ袋をつついて破り、生ゴミが散乱する。夏はそれが臭ってたまらない。それでも、集積所を変えて貰ったら、と春子が言うと、母は苦笑いして首を横に振った。結局、誰かがこういう目に遭うわけでしょ。他の誰かにそれを押し付けたんだ、っていつまでもくよくよ後悔したり後ろめたい思いをするくらいなら、自分で引き受けてるほうがまだ気が楽だもんね。

母は、そういう人だった。愚痴も文句も多い普通のおばさんなのだが、結局、最後はいつも誰かの為に働いていた。

あっちの区画は、今日が燃えるゴミの日なんだ。

ロープで区切られたゴミ集積所には、自治体のマークの入った可燃ゴミの袋が積まれている。細い通りひとつ隔てただけなのに、春子の暮らすマンションとはゴミの日が違うらしい。

見ていると、一人の男性が箱のようなものを抱えて集積所に近づいて来た。さほど大きくはない段ボールだ。まさか……猫でも捨てる気？

春子は緊張して身を乗り出した。ゴミ捨て場に猫を捨てていく人がいる、という話は聞いたことがある。捨てるほうからすれば、ゴミの日のゴミ捨て場なら必ず人が来るから拾って貰える、と思うのかもしれないが、生きている動物を生ゴミと一緒にゴミ捨て場に捨てられるという時点で、そんな人は「ひとでなし」だと思う。もし猫だったら、現行犯でおさえないと！　で、でも、そこで捨てるのをやめさせられたとしても、結局そんな人はまた捨てようとするだろう。ああ、どうしよう。わたしがひきとめたせいで、ゴミ捨て場よりもっと拾われる確率の低いところに捨てられてしまったら。それどころか……殺されてしまったら……

春子は手すりからぎりぎりまで身を乗り出して、男性が抱えている段ボールの中を見ようとした。

……猫、じゃないよね……？

何か白いもの。布？　違うな、あれは。緑色も見える。うーん、視力は左右とも一・五なんだけどな、よくわからない……どっちにしても猫じゃなさそう。だったらもういいか、別に。あ、でも、可燃ゴミは袋に入れないと集めて貰えないのに。あの人、知らないのかしら。

あ！

やっと、箱の中に入れられているものの正体が判った！

間違いない。あの形、あの色、あの雰囲気。そうか、そうだよね、そういう季節だよね。

でも。

ちょっと待って。あれがあれば……足りる、足りる！　足りるじゃない！

春子は慌てて室内に入り、ルームウエアを脱いでジーンズとTシャツを身につけた。部屋の鍵と財布だけを小さな手提げ袋に入れ、サンダルをつっかけて部屋を飛び出し、エレベーターを待つのが面倒なので階段を一気に駆け降りた。緩やかな坂も止まらずに駆け降りて、あのゴミ集積所を目指す。

やんなっちゃう、もう息が切れる。結婚してから節約の為にジム通いもやめてしまったので、月に一度か二度、市民プールで泳ぐくらいしかからだを動かしていない。完全になまっちゃってる。

春子がようやくゴミ集積所に辿り着いた時、男性は段ボールを地面におろして立ち去りかけていた。

「あ、あの！」

思わず大声になってしまった。男性は、びくっ、として驚いた顔で春子を見つめている。

「あ、あの、その箱の」

「やっぱり間違ってましたか」

男性が言った。

「妻に訊いたら、燃えるゴミの日に段ボールに入れて出せばいいと言われたんですが」

「あ、いえ、あのそれ……パンジーですよね？」

男性は自分がおろした段ボールを見て、小さく首を横に振った。

「妻の趣味なもので、花の名前はわからないんです」

「そ、それ、いただいてもよろしいでしょうか」

「え」

男性は面食らった顔で春子を見つめてから、段ボールにまた視線を移した。中には白い花のついたパンジーが、五、六株、根に土をたくさんつけたままで入れられている。

「いやでもこれ、花はもう終わりかけてますよ。妻の話だと、これは一年草で夏は枯れてしまうんだとかで……」

「はい、パンジーは一年草で、真夏は枯れてしまいます。でも今はまだ、緑の葉が元気ですよね」

「それはそうですが」

「もう少し、咲くんじゃないかな、って。ごめんなさい、わたし、パンジーがとても好きなんです。白い花はもっていないので、少しの間でもうちのテラスで咲いているのを見たいな、なんて。……すみません、ご迷惑でしたら諦めます……」

「いや迷惑なんてことはないですよ。どうせ捨てるつもりでここに持って来たんですから。

……そうですか、この花がお好きなんですね。別にわたしはかまいませんし、妻もむしろ喜ぶかもしれない。うちはベランダがとても狭くて、妻は花を育てるのが好きなんですが、終わった花をすぐに処分しないと次の花を育てるスペースがないんですよ。妻が捨てて来て、っていうので捨てに来たんですが、あなたがもう少し咲かせてくださるのなら、そのほうが妻も喜ぶでしょう」

男性は自分で段ボールを持ち上げて、春子に手渡した。

「妻に、花を貰ってもらえたと報告します。きっと喜びます」

「お優しいんですね、奥様に」

男性ははにかむように横を向いた。

「いや……妻はちょっと、からだが弱いもんですから。ベランダで花を育てる時くらいしか、外の風にあたれないいんです」

「あ……すみません、なんか」

「いやいや、ありがとうございました。妻に報告したら、きっと喜びます」

「こちらこそ、ありがとうございました。不躾なお願いをしてしまって、本当にすみません。あの、わたし、あのマンションの園田と言います」

春子は指で丘の上を示した。

「奥様によろしくお伝えください」

「わたしは、田川《たがわ》です。その角を曲がった奥の区画です」

田川は丁寧に頭をさげた。春子もつられて深く腰を折った。

4

「とにかくおめでとう」

春子は拓郎のグラスに自分のグラスをかちんと当てた。

「二試合スタメン、タイムリー一本と、えっとなんだっけ」

「マルチ一試合」

「マルチってなんだっけ」

「一試合に二本以上のヒットを打つこと。って春子も野球やってたじゃん」

「あの頃はマルチなんて言わなかったもん」

「そうだっけ」

「でもすごいね、三連戦で二試合もスタメンで出して貰えたなんて」

「実力、って言いたいとこだけど、実のとこさ、木村《きむら》さんが腰、まだだめなんだ」

木村さん、は同じチームの捕手で、チームの捕手六人の中では三番目の実力者、入団してもう十六年のベテランだ。拓郎の倍はありそうな立派な体格で声も大きく、二人の結婚式ではマイクなしで祝辞をのべてくれた。

数年前までは一軍捕手として活躍していたが、ヘルニアの持病があって二軍に落ち、以来二軍の正捕手、という役割を担っている。だが二軍は若手の育成の場であって、三十四歳のベテラン捕手は、一軍にいる捕手が怪我などで落ちて来ることでもない限り、そのまま次第にスタメンを減らされて戦力外を待つことになる。ましてや腰痛で二軍戦でもスタメン落ちしているとなると……

木村の温かい笑顔が目の前に現れて、春子は少し、悲しくなった。

「でも内野《うちの》がこのところ調子いいから、三戦とも内野がスタメンかなと思ってたんだけど」

内野くん、は、大卒二年目の若手捕手。六大学野球で活躍したドラフト三位、期待の星である。なかなかのイケメンで女の子のファンも多く、人あたりもやわらかくて如才ない。二度ほど遊びに来てくれて、一緒にお鍋なんかつついたけれど、春子の分まで具をとりわけてくれたり、コップにビールを注いでくれたり、気配りもできる優等生タイプだ。だが会話の端々に生来の負けん気の強さが滲み出ていて、拓郎をライバル視していることが伝わって来た。経歴、ルックス、頭の良さにくわえて、負けず嫌い。プロとして成功する要素をすべて持っている。現在は一軍のチーム事情で捕手二人制をとっているので、残りの四人の捕手はみんな二軍にいるが、本来は一軍にも捕手は三人登録されるはずなので、近いうちに一人は一軍昇格があるだろうと聞いている。木村さんが腰痛ではずれるとしたら、昇格するのは拓郎か、内野くん。仙台での三連戦でスタメンマスクを被るほうが昇格するだろう、と、出かける前に拓郎が言っていた。結果、三試合で拓郎がスタメン二回、内野くんが一回。

ちょっとドキドキする。少しは期待しちゃってもいいのかしら。

前回拓郎が一軍に昇格したのは、昨年のポストシーズンだった。三位でクライマックスに滑り込んだチームだったが、なんと、インフルエンザが猛威をふるい、第一ステージの試合の為に名古屋入りしていたメンバーが次々とインフルエンザにかかってしまった。その中に正捕手の清水《しみず》さんも入っていて、急遽、宮崎での若手育成リーグに参加していた拓郎が名古屋に呼ばれたのだ。一軍初昇格がクライマックスシリーズ、という快挙、というか、珍事。結果的にはチームは一勝二敗で敗退、拓郎の出番はなかったけれど、初めて一軍の遠征試合を体験した拓郎は、帰宅してからもずっと興奮気味に話してくれた。一軍の泊まるホテルはベッドが大きい、とか、新幹線はグリーン車を使わせてくれる、とか。もちろん春子も興奮して、親戚にも電話しまくって試合を録画した。映っていたのは二、三回、先発ピッチャーのキャッチボールの相手をしている姿と、ベンチで何か叫んでいた姿だけだったけれど、あの録画は春子の宝物である。

遠征から戻って来ると、拓郎はとてもお喋りになる。自分が観たり聴いたりしたものすべてを、春子にも教えてあげたいと思うらしい。春子のつくったものを美味しい、美味しいと夢中で食べ、口の中の食べ物を呑み込む暇もなく喋り続ける拓郎を見ていると、とても月並みだけれど、結婚して良かった、と春子は思う。来年また契約して貰えるかどうかもわからない、一年後の生活がまったく予想できない不安定な毎日ではあるけれど、拓郎には夢と目標があり、人生が今、熱い。そんな拓郎が羨ましい。でも自分の役割は一緒に燃えることじゃない。倹約していざという時の為にしっかり貯金し、拓郎の健康を守り、拓郎が完全燃焼できるよう支えること。

なんとなく古くさくて、ほんとはそういうのって好きじゃないんだけど、でも、不器用なわたしには他にやりようがないのだ、と春子は思う。拓郎と結婚する、と決めた時、拓郎が引退するまでは、それで行こう、と覚悟も決めた。

「で、おハルは何か面白いことあった?」

拓郎は春子のことを、たまに、おハル、と呼ぶ。時代劇みたいで呼ばれるたびに笑ってしまうけれど、拓郎は気に入っているらしい。

うっかり美雪の離婚話を喋ってしまいそうになって、春子は言葉を一度呑み込んだ。夫婦であっても、漏らしてはいけない他人のプライバシー。

「裏のね、住宅地の田川さん、って知ってる？」

「田川？　うちの町内？」

「三丁目かな、通りの向こうだから」

「あ、あっちは三丁目だね。その田川さんがどうしたの」

「うん、パンジーを捨てようとしていたので、いただいちゃった」

「パンジーって、花？」

「そう。スミレの仲間は暑さに弱いの。もともと一年草だし、そろそろ枯れる頃なの。だから捨てようとしてたみたい。でもまだ花が咲いてたし、葉っぱも元気だったからもらっちゃった」

「ふーん。お礼とかしなくていいの」

「そうね、捨てようとしていたものだからあまり大袈裟なのも変だけど、何かお礼したほうがいいよね。ただね、ちょっと気になったことがあって。燃えるゴミの日に段ボールに入れて捨てようとしていたのよ。でね、奥様が、そう教えてくださったんですって。わたし、ベランダの土って捨てたことないの。わたしはいつも再利用しちゃうから。だから田川さんのやり方が正しいのかと思ったんだけど、うちに戻ってから調べてみたら、違ってたの。土は燃えるゴミに出してはいけないんですって。有料で処分するか、ホームセンターや園芸店で土の引き取りをしてくれるところに持って行くか、しないといけないみたい」

「面倒なんだね。でもその田川さんの奥さん、何か勘違いしてたんじゃない？　引越しして来たばかりで、前に住んでいた自治体のルールと同じだと思ったとか」

「そうかも。でもほら、三丁目の町内会長さんって、小倉《おぐら》さんよね。昨年盆踊りの手伝いに行った時……」

「あ、あのうるさいおっさんか」

春子は笑って肩をすくめた。

「悪口言うと伝わるわよ、壁に耳あり障子に目あり。障子はないけどね」

「あの人、なんか細かかったよな。ゴミの分別に異様な執念燃やしてる感じで」

「まあ、正しい分別を守ろうとしているんだから、ありがたいことなんだけど。でもねえ、アイスキャンデーの袋に棒を入れて捨てようとした子供に、袋はプラスチックゴミで棒は燃えるゴミだから、ちゃんと洗って分けて捨てろ、って怒鳴ったのにはちょっとびっくりしたよね。とにかく三丁目は、ゴミにうるさい会長さんがいるわけでしょ、田川さんがまた、土のついた植物を燃えるゴミの日に捨てたりしたら、トラブルになるんじゃないかな、って」

「教えてあげたほうがいいかもしれないね」

「うん、でも、捨てたのはもうじき枯れるパンジーだからで、他の植物は捨てたりしないだろうし。もしまた見かけたら、それとなく言ってみる。拓ちゃん、明日お休みよね。久しぶりに映画でも行く？」

「あ、ごめん。明日は、床屋と整体と、夕方からは高校の先輩とメシ」

「床屋さん、そう言えばしばらく行ってなかったね。先輩ってだれ？」

「樋上《ひがみ》さん。昨年引退した。今年からスポーツクラブでトレーニングコーチしてる。おハルも一緒に来る？　樋上さん、いい人だよ」

「うーん、遠慮しときます。わたしがいたんじゃ、いろいろ気まずいでしょ」

「別に気まずくないけど」

「いいから、男同士で飲んで来て。わたしはテラスで土を干してるから」

「土を干すの？」

「そう。再利用するのに、日光消毒。明日もギンギンに晴れそうだもんね」

その言葉通り、翌朝も早朝からよく晴れて暑くなった。遠征疲れでぐっすり寝ている拓郎を起こさないようにそっとテラスに出て洗濯物を干す。あれから三日、三丁目は今日も燃えるゴミの日、のはず。

春子はシーツをぱんぱん叩きながら、つい、ゴミ集積所を見てしまった。三日前よりは三十分くらい遅い時刻。田川さんは会社勤めなのだろうか。だとしたら、この時刻にゴミ捨てをしていたら会社に遅刻しちゃうかな。いやいや、都内まで通勤しているとは限らないものね。サラリーマンなのかどうかだって、わからないし。

でも田川さんの姿が見えたら、とにかく走って行ってパンジーのお礼をしよう。本当はちゃんとお礼のお菓子か何か買えばいいんだけど、いただきものの瓶詰めジャムがあるから、あれを持って行こう。かなり高級なジャムだから、貰いものでもかっこはつくよね。あらためて買ったものではないほうが気楽に渡せていいかもしれない。

洗濯物を干し終えても田川は現れなかった。ま、たった三日でまた花を捨てに来るわけないし。

春子が室内に戻りかけた時、田川が現れた！

しかも、また段ボールを抱えている？

春子は慌てて室内に戻り、キッチンの棚から箱に入ったままの高級ジャムを取り出して適当な手提げ袋に入れ、拓郎の小さな鼾を聞きながら玄関を出た。

息を切らすほど急いで坂を駆け降り、三丁目のゴミ集積所に辿り着いた時、田川は立ち去るところだった。

「お、おはようございます」

春子の顔を見て、田川はにっこりした。

「おはようございます。またお会いしましたね。もしかして、段ボール持って来たの、見てたんですか」

「すみません」

春子は顔が赤くなるのを感じた。

「洗濯物を干していたら目に入ってしまって」

「いや、良かったな、と思ったんです」

「良かった？」

「妻はきっと、あなたがまた引き受けてくださると期待してるんじゃないかなと。先日、パンジーでしたっけ、あれを貰っていただいたことを妻に話したら、とても喜んで。あ、その、妻はからだが弱くて、家から出られなくなることがあるんですよ、時々。ベランダでの園芸だけが妻の楽しみで、それも一日に一時間程度しかできないんです。日焼けすると体力が失われるので」

「それでご主人様が手伝っていらっしゃるんですね」

「いや、わたしは植物のことはさっぱりわかりません。自営業で、大宮に店を持ってるんですが、出勤は九時に家を出ればいいので朝はゆっくりなんです。それで今朝、妻があれを捨てて来てと言うもので」

「またパンジーですか」

「いや、どうも違う花のようです。葉しか付いてないので何なのかわからないんですが」

春子は地面に置かれた段ボールを覗き込んだ。

……どういうこと？

「あの、これ、本当にお捨てになられるんですか」

「ええ、妻が、これはもう花が終わって枯れてしまうから、いらない、と」

「でもこれは……」

「蕾がひとつ、残っているんだそうですよ。どれなのかな」

蕾は、ひとつではない。まだ小さくて緑色をしているので田川にはわからないらしい。

だが二週間もすればこの蕾が数倍の大きさにふくれて、そして見事な大輪の花をつけるだろう。純白の、花を。

「前にも話しましたが、ベランダはとても狭いんです。だから次の花を育てるにはどれか捨てないとならないんですよ。でももう少し待てば、残った蕾が咲くんだそうです。もし今日もあなたにお会いできたら、あつかましいようですが、引き受けていただけないかお願いしてみてほしい、と、妻に頼まれました」

春子は、慎重に段ボールと田川とを見比べた。不意に、田川の顔が逆光で黒く見えた。こめかみに汗が光っている。田川の目は、じっと春子を見つめている。

「わ、わかりました」

春子は声が少し震えるのをごまかす為に、ひとつ咳をした。

「喜んで、お引き受けさせていただきます。本当にありがとうございます。あの、これ」

春子は手提げ袋を田川に渡した。

「先日のパンジーのお礼です。いただきもののおすそ分けで、申し訳ないんですが」

「あ、いや、こんな気をつかっていただいては」

「おすそ分けですから、どうかお気になさらず。えっと、田川さんのお宅は三丁目の」

「二の十三です。あの道の奥、つきあたりなんですぐわかりますよ」

「これからご出勤ですか」

「ええ、九時には出ます」

「あの、何時ごろにお戻りでしょうか。この花のお礼をまたお持ちしたいと」

「そんなことなさらないでください。妻が元気になったら、園芸友達にでもなってやっていただければ。こっちに越して来て一年、妻には近所に友達がいないので、きっと喜びます」

田川は感じ良く頭をさげ、集積所を去って行った。

春子は段ボールを胸に抱え、田川の姿が見えなくなってから走り出した。


「拓ちゃん、ごめん、起きて。ねえ、起きてください」

春子は気持ち良さそうに寝ている拓郎をゆり動かした。

「うーん。……何時？」

「九時過ぎ」

「……早いよお」

拓郎は寝返りをうった。

「たまの休みなんだし、もうちょっと寝かせて」

「ごめんなさい、でも、拓ちゃんに来てほしいの、一緒に」

「……どこに行くってのさ」

「三丁目の田川さんち」

拓郎は半身を布団から起こした。

「……なんで？」

「これ」

春子は、土で汚れた小さな紙片を拓郎に手渡した。

拓郎は、がばっ、と布団を跳ねのけ、飛び跳ねるようにして起き上がった。

「行こう」

「着替えは」

「これジャージだから。寝巻の代わりだけどいちおうジャージだから」

拓郎は走り出した。

「待って拓ちゃん、田川さんちわかる？」

「わからない」

言いながら拓郎はスニーカーを履く。

「二の十三だって。角にひまわりが咲いてる家あるでしょ、あの横の道のつきあたり」

「了解。おハル、警察に連絡して。俺先に行って様子みる」

「九時に出かけるって、夫が言ってた。でもまだ家にいるかもしれないから、慎重にね。夫がいたらぜったい誤魔化すから！」

春子は一一〇番に電話をかけ、事情を説明するのに四苦八苦した。


マンションを出た時、もう拓郎の姿は遠く坂の下、ほとんど見えなくなっていた。必死に走る。春子も脚力にはそこそこ自信があるが、もちろん拓郎にはかなわない。休みの日でも夕飯前に五キロはランニングする拓郎である。

それでも春子がひまわりの咲いている家の角を曲がると、先を走る拓郎の背中が見えた。

「さっき」

拓郎が背中の春子を察して囁いた。

「ここの亭主、出かけた」

「すれ違ったの?」

「うん。スピード落としてジョギングしてる振りした。俺の顔、知らないよな」

「拓ちゃんはなんでわかったの、田川のこと」

「爽やか系のイケメンだった。おハルがそう言ってたじゃん。それにこっちは三軒しかない。確率から言って、九時に出勤する田川でしょ。あれがベランダか。……なんか、檻みたいだね」

一戸建ての二階に南向きのベランダがあった。田川が言っていたほど狭くはない、物干し竿がゆったり置けるくらいの広さはありそうだ。だが、檻、という拓郎の印象そのままに、ベランダの周囲が金網で囲われ、その金網の内側にはまさに、檻のように棒が並んでいる。

「鳥よけ、って感じじゃないよね。大袈裟で」

そう、鳥よけじゃない。外部からの侵入を防ぐのが目的ではないのだ。中にいる人間が逃亡しないようにあんなことをしてあるのだ。

「部屋の中に入れるかしら」

「不法侵入で逮捕されてもいいなら、できないことはないけど」

「拓ちゃんが逮捕されるのはだめ。わたしがやる」

「おハル、危険があるかもしれないんだぞ」

「逮捕なんかされたらクビになっちゃう」

「妻が逮捕されても一緒だよ」

「その時は離婚して」

春子は言い捨てて、拓郎の手を振りほどいた。セキュリティ会社のステッカーがどこにも貼っていないのを確認してから、庭に侵入する。建物の周囲をぐるっとまわり、カーテンが開いていた窓から中を覗き込んだ。和室だ。窓に手をかけた。動く！

鍵のかけ忘れ。少なくともガラスを割って器物損壊で訴えられなくても済むのはラッキー。窓をそっとあけて中に頭を入れ、人の気配がないのを確認してからからだを押し込んだ。畳に転がり、そのまま玄関に走って鍵を開けた。

「玄関開けた！」

叫んでから二階へと駆け上がった。南側の部屋の見当をつけて廊下を進む。


なに、これ。

春子は絶句して立ち止まった。

ドアノブに取り付けられた、ばかばかしいほど大きな、金属の南京錠。そして、毒々しい赤いテープがドアを目張りし、さらに大きく×の形にテープが貼られている。

異常だ。

和室の窓の鍵すらかけ忘れているのに、このドアだけは何者をも中に入れない、いや、中から出さない、という強固な意志。邪悪な、願い。

「わあ」

拓郎が背後で声をあげた。

「変態だな、田川って」

なぜか涙が春子の頰を伝った。

「……ええ。そして、そんな人間の妻になってしまった人が、いるのよ」

サイレンの音が聞こえて来た。

「警察、来たね。これは道具がないとどうしようもないよ。あとは警察に任せよう」

拓郎が春子の肩に手をおいた。春子は、泣きながらうなずいた。

5

「いやまあ、不法侵入に関しては、緊急事態だった、ってことで。もちろん奥さんはあなた方に感謝されてましたよ」

初老の刑事が、穏やかな笑顔で二人に茶をすすめた。

「奥様、大丈夫ですか」

「脱水症状があるようで入院はされてますが、他は、痣がいくつかと、あと肋骨にヒビが入っているようですが、命に別状はないということでした。しかしからだのあちこちに骨折の痕や火傷の痕があるそうで……夫婦間のこととなると民事との境界線が難しいんですが、奥さんを説得して被害届を出して貰いましたんで、夫の田川裕之《ひろゆき》には逮捕状が出ると思います」

田川容子《ようこ》は、室内に監禁されていた。警察が中に踏み込んだ時、手に手錠、足に長い鎖をつけられ、声が出せないように口にも何かはめられていたらしい。

「奥さんの話では、一日に一時間だけベランダに出ることをゆるされたらしいですよ。それも早朝の一時間だけ。あとはほとんど寝室に繋がれて、田川が帰宅すると一緒に食事をしたりはしていたみたいですが、まあお決まりの暴力三昧だったようで。まったく卑劣な男ですな、田川は。ベランダに奥さんを出していたのも、植木鉢の植物が急に枯れると近所から変に思われるから、という理由だったようです」

「そんな問題じゃないですよね、あの金網とか檻とか。あれで充分、変に思われるんじゃないですか」

「言い訳はしていたようですよ、近所の人に。ベランダで苺を育てているので、鳥やリスが入って来ないようにしている、とかってね。妙に細かい嘘をつく奴です。しかもなかなかいい男で人あたりも柔らかいから、近所の人はみんな騙されていた。それにしてもよく、奥さんが監禁されていることが判りましたね」

「これのおかげです」

　春子は、土だらけの紙片を刑事に渡した。


『夫に監禁されています。助けてください。殺されます』


「その紙片が、百合の球根の中に隠してありました」

「百合の球根」

「百合を捨てようとしてたんです、田川さんが。もう花が終わったから捨てるよう、奥様に言われたと。でも百合は球根植物です。一年草ではないので、花が終わってもそのまま植えておくものなんです。葉で作った養分を球根に溜めて、それで来年も花を咲かせられるんです。花が終わっても捨てるなんておかしいと思いました。もし本当に奥様がそうおっしゃったのならば、何か理由があると思いました。実は数日前に、同じように捨てようとしていたパンジーをいただいたことがあるんです。パンジーは一年草で、春に咲いた株は真夏には枯れてしまいます。でも……ちょっと理由があって、パンジーの葉が欲しかったんです」

「葉？　花ではなくて？」

春子は俯いてうなずいた。

「あの……蝶の幼虫が」

「あっ」

初老の刑事は、嬉しそうに手を叩いた。

「ツマグロヒョウモンですか！」

「ご存知なんですか」

刑事は、ははは、と笑った。

「いやー、実はわたし、虫が好きでしてね。そうですか、ツマグロヒョウモンを育ててらっしゃる」

「育てて、というんでもないんですけど、うちのテラスにあったビオラに幼虫がいるのに気がついて。でもビオラが少ししか残ってなかったんで、そのままだと食べるものが足りなくなっちゃうんで……」

「春子、なにそれ。ツマグロなんとかって」

「あとでネットで画像見せてあげる。綺麗な蝶なの。幼虫はスミレの葉を食べるんだけど、栽培種のパンジーやビオラでも大丈夫なの」

「え、じゃ、最初に田川からパンジー貰ったのって、花が欲しかったんじゃなくて」

「うん。蝶の幼虫の餌が足りなかったの」

春子はぺろ、と舌を出した。

「たぶん、田川がパンジーを引き取った人がいたと話した時、奥様は、白い花が好きなんだと誤解したんですね。奥様はなんとかして、外部と連絡を取りたかった。田川は外面がものすごく良くて、近所の評判を気にしていましたた。偶然わたしと知り合って、わたしに好印象を植え付けたことに自己満足していたんだと思います。だからもう一度花を捨てて、と言われた時、あわよくばまたわたしにその花をあげることで、自分の評判を上げられると思ったのかもしれません。病気の妻の為に花の面倒までみている優しい夫、という評判を。一方奥様は、花好きなわたしならば、まだ蕾の付いている百合を捨てる、という行為の不自然さにわたしが気づくだろうと期待した。そうすれば百合を調べてみるだろうから、きっと球根に隠したメモを見つける、と。実際わたしは、どうしてまったく普通に見える百合を捨てたのだろう、と不思議に思いました。そして、もしかすると田川の奥様は、わざとわたしにその百合をたくしたのではないか、だとしたら、どこかにメッセージでも隠されているんじゃないかしら、そう考えたんです。それで土を払ってみると、球根が少しくりぬかれていて、この紙が詰まってました」

「なるほど、そういうことだったんですか。しかしそもそもどうして田川の奥さんは、花を夫に捨てさせたんですかね。いや、あの手の男というのは、自分の機嫌がいい時は妻を溺愛するらしいですから、花を捨ててと頼まれてそれに応じたのはわかるんですが……」

「三丁目の町内会長さんは、ゴミ出しのルールにとても厳しい方らしいです。花は生ゴミとして捨てられますが、土が付いているとその土は駄目なんです。このあたりの自治体では、土は事業ゴミなどと一緒で捨てるのにお金がかかります。田川の奥様は、田川が土の付いた花を段ボールに入れて捨てるのを誰かに見咎められることを期待したんじゃないでしょうか。それでわざと、ルール違反な捨て方を教えた。そのことが会長さんの耳に入れば、きっと会長さんが田川に注意をしにやって来る。そうでなくても田川が要注意人物として近所に認識されるだろう。それが突破口になるかもしれない、そう考えたんじゃないでしょうか」

「藁にもすがる、というところですか」

「ええ、奥様は必死だったと思います。でも意外な展開で、パンジーは花好きな主婦が貰ってくれた、と聞かされた。それならもう一度その主婦が貰ってくれそうな白い花を捨てさせよう、でもその主婦が、おかしいな、と思うような花を」

＊

「へえ。綺麗だな、この蝶」

　パソコンの画面を見ながら、拓郎が言った。

「この裏がピンクのと、ピンクじゃないのの違いはなに？」

「裏がピンクのほうがメス、女の子よ。メスは翅の先が黒っぽいでしょう、だからツマグロ、って名前なんじゃないかな」

「なんか豹柄みたいでカッコいいな、この翅」

「うまくいけば、二週間くらいするとうちのテラスを飛び回ってくれるかも」

「幼虫、育ってるの？」

「見る？」

　拓郎はパソコンを閉じ、春子についてテラスに出た。眼下に広がるのどかな住宅地、そしてあのゴミ集積所。

　春子は視線を上げるのが怖かった。ひまわりの家の奥に、忌まわしい田川家の建物が見えそうで。

最初から異常だったのではないだろう、たぶん。田川裕之と容子も、愛し合って結婚したのだ。少なくとも、愛し合っていると信じて。いつから裕之の心がどす黒く腐ってしまったのか。容子への愛が、まったく別の形に変形してしまったのか。

美雪の夫も、裏切るつもりで結婚したわけじゃない。愛し抜くと誓って式を挙げたのだ、きっと。

なのに。

なぜ、愛はうつろってしまうのだろう。心は変わってゆくのだろう。

春子は、パンジーの鉢をのぞきこんでいる拓郎を見つめた。

拓ちゃん。わたしの、拓郎。

どうかいつまでも、このひとを愛することができますように。

どうか、どうか、お願いします。神様。

いつまでも、二人仲良しで。

「ぎゃっ！」

拓郎がすごい声をあげて飛び退いた。

「なんだこいつ！　グロ！」

春子は笑った。

ツマグロヒョウモンの幼虫は、真っ黒でとげとげで、背中が毒々しく赤い。

「気持ちわる！」

「失礼ねえ」

春子は幼虫を覗き込んだ。

「見た目で判断するなんて。もう少ししたら蝶になって、うんと綺麗になって、見返してやろうね」

真っ黒でとげとげで毒々しい赤い背中をした芋虫は、我関せず、とパンジーの葉を食べ続けた。

陽平くんと、無表情なファンの冒険

1

やっぱりオーラがあるよね。

春子は目の前に座っている川田《かわだ》陽平《ようへい》の顔を、どぎまぎしながら見ていた。

川田陽平、六大学のスターで三年前にドラフト一位入団、一軍初登板を初完投で初勝利、二ケタ奪三振という華々しいデビューを飾り、十五勝して文句なしの新人王に輝いた。二年目も十四勝、昨年は十三勝と三年連続二ケタ勝利して、あっという間に年俸が一億円に届いてしまった。おまけになかなかのイケメンで笑顔は爽やか、ユーモアのセンスもあってお立ち台にあがるたびに名言を呈してファンを喜ばせる。プロ野球選手になるべくして生まれて来たような、天性のスター選手なのである。

その川田陽平が、今年の夏、試合中に腕の痛みを訴えてマウンドを降り、検査の結果左肘靭帯断裂と診断されてしまった。靭帯断裂、全治一年の重症。そのままだと引退の危機である。それを回避するには、靭帯移植手術、通称トミー・ジョン手術を受けるしかない。

川田陽平も八月に手術を受け、九月から二軍の練習場でリハビリ訓練を始めた。まだキャッチボールすらできず、練習場ではひたすら走っているだけらしい。

そして春子の夫、拓郎は、夏場に二回、それぞれ二週間程度一軍登録されたものの、代打で二打席貰っただけでポジションである捕手としては試合でマスクをかぶれないまま再び二軍落ち。今年もまた、二軍選手としてシーズンが終わりつつある。

そんな拓郎をなぜか川田陽平が先輩として慕っているらしいと耳にした時は、正直、信じられなかった。けれど、年俸が一億に届くようなスター選手が、拓郎のように二軍暮らしの選手と仲がいい、という状況が、春子にはよく理解できない。業種が違えばそういうこともあるのだろうが、同じプロ野球の選手なのだ、互いに気まずいことはないのだろうか。

だが、そんな春子の心配は杞憂だったらしい。川田陽平はまったく嫌味でもタカビーでもない自然な態度で拓郎と接し、拓郎もいじけた雰囲気はかけらも見せず、二人は二匹の子犬がじゃれるように仲良く生ビールを飲んでいる。むしろ春子のほうが、その場でどんな態度をとればいいのか、何を喋ればいいのか戸惑っていた。なにしろ春子の目の前には、信じられないほど愛らしい顔の女性が座っているのである。こんなに綺麗な子、見たことない！

女性の名前は、山本美菜《やまもとみな》。川田陽平のフィアンセである。

トロフィーワイフ、という言葉は耳にしたことがある。海の向こうのメジャーリーグでは、選手は単にスポーツ選手としてだけではなく、スターとしての商品性も重要視されるらしい。ファンサービスは日本のプロ野球界よりずっと厳しく要求され、選手の私生活も評価の対象だそうだ。そして、どんな女性を妻にしたかもファンのみならず業界全体の興味の対象となり、妻の見た目がイマイチだと年俸に影響する、という噂まである。そう言えば、数年前に拓郎と観にいった映画『マネーボール』でも、人事の問題を話し合っている場で「あいつは女の趣味が悪い。女房が不細工だ」みたいなセリフがあってびっくりしてしまった。トロフィーワイフとは、社会的にあるいは経済的に成功した男性が、とにかく見た目が美しい女性を妻にすること、らしいが、メジャーリーグでもそれは常識になっているようだ。

そして日本のプロ野球界も、メジャーリーグほどではないにしても、奥さんの見た目は何かと取り沙汰される。ただし、人気選手においては。

拓郎は人気うんぬんどころか、自分のチームのファンにも認知されているかどうか微妙、という選手だったので、プロポーズされた時にも春子は自分の顔の問題については別に悩みもしなかった。ただ、自分がアスリートの妻としてやっていけるのかどうか、そして戦力外通告を受けたり引退したりしたあとで、第二の人生を歩く拓郎を支えていけるのかどうかは、とてもとても悩んだ。

だが今目の前に、まるでイラストか何かのように完璧に整って美しく可愛らしい女性の顔が現実としてあると、こういう顔でなければプロ野球選手の妻になってはいけなかったのではないか、という疑問がむくっとわき起こってしまって、春子はなんだかとても居心地が悪いというか、居場所がない気持ちになっていたのだ。

それでも食事が進むにつれて、次第に春子の気持ちもほどけて幾分気分が良くなっていた。山本美菜はおとなしい性格なのか、あまり口を開かないが、いつも感じのいい笑顔で、誰かが話しているとその顔を生真面目に見つめている。育ちのいい、素直な女性なのだろうな、と思う。川田陽平の説明によれば、大学時代の恩師のお嬢さんで、陽平が大学生の頃、高校生だったとか。恩師の家に遊びに行った時に言葉を交わした程度で、プロ入りした時に挨拶に出向いたら、たまたま旅行で出かけて不在だったので、つい最近再会して、大人になっていて驚いた、と。

こんな綺麗な人なのに、素人さんなんだ。春子はそのことに驚いていた。プロ野球選手の妻には芸能界やテレビ業界にいた人が少なくない。雑誌モデル、女子アナ、タレント、グラビアモデル。拓郎のチームメイトの奥様にもそうした経歴を持つ人は多い。あまりチームメイトの奥様たちとつきあいのない春子だが、それでも顔はだいたい知っている。その中にも、山本美菜ほどの美人はいないと思う。陽平が終始にやけて嬉しそうなのは、まあ当然だろう。

美菜はピアノ教師をしているそうで、容貌が職業にぴったりと合っているのも羨ましいな、と思う。でも、結婚してもピアノ教師は辞めないと言う。


「ところでさあ、あの女、今日もいたな」

拓郎が三杯目のジョッキに口をつけてから言った。

「確かに気味が悪いよな」

「あの女、って？」

春子が訊いた。

「おハル、どこで観てたの、試合」

「どこって、バックネット裏の観客席」

「そっか、じゃあ気づかなかったろうな。三塁側の観客席の、いちばん外野寄りのとこに、最近毎試合座ってる女の人がいるんだ。まあ別に、二軍の試合を毎回観に来る人はけっこういるし、誰でも自分の気に入った席があるから、毎回そこに座ってるだけなら不思議でもないんだけど。平日の試合は無料だしな」

二軍の試合は、主催する球団の裁量でチケットが販売されたり無料開放されたりする。価格もまちまちだ。拓郎が所属している東京ホワイトシャークスの二軍戦は、土日祝日の試合のみ有料、平日は無料であるが、すでに二軍が所属しているイースタン・リーグは優勝チームが決定して消化試合に入っていて、残り三試合のホームゲームはファン感謝試合として土日も無料、試合終了後に選手とのキャッチボールや記念撮影などのイベントが用意されていた。その最終日、春子は拓郎がマスクを被る今シーズン最後の姿を観に行ったのだ。

二軍にとって、公式シーズン最終戦、というのは複雑な意味を持つことが多い。シーズンを一軍選手として終われた者は、本人が引退を決意しない限りはだいたいが翌年もプロ野球選手でいられる。戦力外通告、つまり球団からクビを宣告されるのは、ほとんどがシーズンの最後を二軍で終わった選手である。第一回戦力外通告は十月一日解禁、二軍の公式シーズン終了はその前である。実際には十月にも宮崎でフェニックス・リーグと呼ばれる教育リーグが開催され、若手選手はそこに参加するので、試合は十月に入ってもやっているのだが、戦力外通告を受けた選手は参加できない。従って、戦力外通告を受ける可能性がありそうな微妙な立場の選手にとっては、九月の公式リーグ最終戦は「もしかするとプロ野球選手としての最後の試合になるかもしれないのだ。

拓郎のポジションは捕手。捕手はどの球団でも不足気味で、拓郎のようになかなか結果が残せない状態でも、比較的戦力外通告は受け難いらしい。しかしそれも、十月に行われるドラフト会議で新人捕手を何人指名する予定であるかによって、その運命は簡単に左右されてしまう。ドラフト会議で誰を指名するのかはトップシークレットなので、選手の立場でそれを知ることはできず、野球マスコミの記事で予想するしかない。そしてその野球マスコミの予想では、ホワイトシャークスが指名する新人捕手は二名。引退が確実視されている先輩捕手が一名いるが、それでも捕手枠がひとつ足りなくなる。

「覚悟はしといてな」

朝、練習に参加する為先に家を出た拓郎は、玄関で見送った春子にそう言った。春子はうなずいた。言われなくても、毎日毎日覚悟はしているつもりである。それでも、あらためて拓郎にそう言われてしまうと、胸がざわざわして息が苦しくなった。拓郎が昨年のクリスマスにプレゼントしてくれたカメラと望遠レンズのセット、初心者向けの機種に廉価版のレンズだが、観客席から打席に立つ拓郎の姿を一枚でも綺麗に撮れれば、と、毎日テラスで練習を重ねていた。そのカメラを抱えて、二軍の練習球場まで出かけた。いつもはジーンズにトレーナーで自転車を漕いでいくのだが、最終日のあとは二人で食事に出かけるのが恒例だったので、一張羅のワンピースを着て、ちゃんと化粧も済ませ、その化粧が汗で流れて落ちないように、奮発してタクシーを使った。

　そんな状況だったから、観客席にどんな人が座っていたかなんて、記憶している心の余裕などまったくなかった。

　さらに今日は、目の前で、胸が痛くなり涙がとまらなくなるような光景も見た。

「思い出登板」という言葉を、春子はその日、初めて知った。観客席にいたチームのファンの人達がそう囁いていたのだ。

　安田《やすだ》勇人《はやと》、チームの最年長選手で投手。十二、三年ほど前は左のエースとしてチームに君臨するスター選手だった。あまりプロ野球の試合をテレビで観ることがなかった春子でも、その顔も名前も知っていた。拓郎の高校の大先輩でもあり、その縁で二人の結婚披露宴にも出席してくれ、心温まるスピーチも披露してくれた優しい人である。一度だけ、お宅にお邪魔したことがあるが、元アイドル歌手だった奥様は今でも充分若々しくて美しく、お子さん二人は本当に愛らしい。世田谷の瀟洒な一戸建て、美しく手入れされた庭先には、四季咲きの薔薇の花が溢れていた。そんな、絵に描いたような成功者である。しかし十年ほど前に靭帯断裂で手術をし、リハビリ後復帰してからは先発ではなく中継ぎ投手に転向。数年は活躍したが、五、六年前に肩を故障。何度か手術を繰り返し、その間二軍で懸命にリハビリを続けていたが、復帰を断念して引退すると噂されている。まだ公式発表はされていないが、イースタン・リーグ公式最終戦、先発マウンドに立ったのがその安田勇人だったことで、引退は確実となった。投球イニングは二回。交代してマウンドを降りた時に、観客席から大きな拍手が沸き起こった。そして、思い出登板、という囁きが一斉に流れたのだ。

試合後、安田勇人は妻と子供と一緒に二軍のグラウンドで記念撮影をしていた。本来ならば一軍の球場で華やかに引退試合ができたはずの選手なのに、五年余りも一軍登録されないまま、安田勇人はただひたすら、復帰を目指して二軍のグラウンドでリハビリを続けていたのだ。

それでも、そんな贅沢をさせて貰えるのは安田勇人がエースだったから。彼の復帰を球団も心待ちにしていたからである。実績のない選手が怪我や手術をしてリハビリ期間を過ごすとしたら、長くて三年。その選手の年齢が高ければ、一、二年で見切られて戦力外になってしまうだろう。

美しい奥様は笑顔だった。子供たちも笑っていた。けれど、それを見つめていた春子の目からは、涙が溢れて止まらなかった。

自分も同じだ。まさに今日、拓郎のプロ野球選手最後の打席、が来るのかもしれない。

そう思って、気合を入れて写真を撮った。自分の目でもしっかり見ておきたくて、次の打席は瞬きもせずに拓郎を見つめていた。

奇妙な観客のことなど、まったく目に入らなかった。

が、そんな春子の感傷をよそに、拓郎は川田陽平とその婚約者を春子に紹介し、夕食を一緒に楽しむプランを明かした。覚悟はしとけ、なんて言ってたくせに、本人はいたって平常モードだった。まあ考えてみれば、すべてはもう「終わったこと」なのである。どんなに歯がみしても後悔しても、今シーズンをもう一度やり直すことはできないのだ。拓郎の今年度の「実績」はすでに出そろい、もはやまな板の上の鯉。球団の編成部や幹部達がその「実績」に対してどのような評価をくだすのかは、今さらじたばたしてもどうしようもないし、くよくよしても何も変らない。

とりあえず、川田陽平もその婚約者も楽しい人達で、食事も美味しかった。コース料理をあらかた食べ終え、デザートが出される頃には、春子もすっかりほどけた気分になっていた。

そう、覚悟なんて、プロポーズを受け入れた時からできていたじゃない。永遠にプロ野球選手でいられる人なんかどこにもいない。山本昌《やまもとまさ》さんだって還暦まで現役ではいられなかった。日本のプロ野球の平均在籍年数はおおよそ八年、らしい。二軍選手の大半は、それよりも短い年数でクビになる。

戦力外通告されたらどうするか、それは拓ちゃんが考えればいいこと。わたしはただ、拓ちゃんがどんな選択をしてもいいように、生活を守る努力をするだけだ。いざとなったらわたしだって、看護師、という国家資格を持っているんだから、家族を養うくらいのことはできるわよ、うん。

春子は寛いで、いつもの節約モードからすればかなりリッチな食事を楽しんだ。

「あの人、いつ頃からあそこにいたっけ」

川田陽平は、観客席にいた女性のことを気にしている。

「そんなに変なの、その女性」

山本美菜が小首を傾げる。

「毎試合同じ席に座るひとなんて、そんなに珍しくはないでしょう?」

「それは珍しくもなんともないよ、毎試合来てくれる熱心なファンは、たいてい、お気に入りの席を決めてるもんだから。でもうちの二軍試合ってチケットの前売りしてないんだよね、有料の時に好きな席を確保しようと思ったら、チケット発売前から並んでないと買えないだろ。観客席のいちばん前となれば、いちばん早く並ばないと買えないかもしれない。無料の日だってかなり早く来ないとあの席には座れないと思うんだ。そこまでして毎回いちばん前に座ってるのに、試合中、まったくリアクションがないんだよ」

「でも、女性が一人で観戦していたら、そんなに大きなリアクションはしないんじゃ」

「いや、それでも自分が贔屓にしてるチームが得点すれば笑顔にくらいなるだろ？　毎日同じ席に座るくらい熱心なファンなのに、うちが勝ってもにこりともしないんだぜ」

「ホワイトシャークスのアンチだとか」

「だったら相手チームが勝った時には笑顔にくらいなるよ、ふつう。なのにどっちが勝っても誰が打っても、まるで興味ない、って感じなんだよな」

「選手って、観客席の人のこと、観察しているものなんですね」

春子が言うと、陽平と拓郎が顔を見合わせて笑った。

「いや、正直、試合中は観客席なんかまったく見てないですよ。目にも入らないです」

陽平が言う。

「やっぱ試合って勝負ごとですからね、余計なことに気をまわしたら集中力が削がれます。応援してくれるファンには申し訳ないけど、観客席なんか見てる余裕はないんですよ。その分試合に集中して結果出して、ファンには応えていこうって」

「もちろんそうですよね。ごめんなさい、わたしつまらないこと言って」

「いや、とんでもない。この話持ち出したの俺らだし。実はね、その女性のお客さんのこと最初に気づいたのは選手じゃないんです。うちのファーム・マネージャー、いるでしょ」

「斎藤《さいとう》さん、ですよね」

「そう、斎藤さん。斎藤隆之《たかゆき》さん、なんで、俺ら、隆之さん、って名前で呼ぶんですけど。その隆之さんが気づいたんです。隆之さんは試合中、ベンチにいることが多いんです。スコアつけたり雑用こなしたりで。それで、一塁側のベンチからは三塁側の観客席がよく見えるんですよ。だからその人のことが自然と目に入ったみたいで」

「最初はリアクションがないってことには気づいてなくて、ただ毎試合同じ席に座ってるんで、うちの関係者の家族かと思ったんだって。ファームの試合は選手やスタッフの家族が割と気軽に見に来るからね、もしそうなら、挨拶くらいしとこうと思ったらしいんだ。それで俺たちに、あそこにいつも座ってる女性を知ってるか、って訊いて。でも誰も知らなかった」

「その女性、いつも黒い服を着てるんです。そして赤いスカーフを首に巻いてるんですよ。だからけっこう目立つんです」

「黒い服に赤いスカーフ……」

　美菜がまた可愛らしく小首を傾げる。そういう仕草が自然に出て来るとしたら、本当に羨ましい、と春子は思う。真似をしてみたいけれど、なんだか照れてしまってできそうにない。

「年齢が三十代以上の女性だと、日常的に服は黒を中心に着る、という人は珍しくはないですよね。黒って便利なんですよ。黒を着ると広い面積が色で引き締まるので、いちおうきちんとして見えるし、多少は痩身効果というか、スリムに見える。アクセサリーやスカーフ一枚で雰囲気が変えられるし、そのままちょっとあらたまったレストランなんかにも入れるし。でもいつも赤いスカーフ、というのは、ただ黒が好きだから着ているという以外にも、何かこだわりはありそうね」

「まあ野球観戦に何を着て来ようと自由だけどさ、いつも同じ色の服で同じ席に座っていたら、誰かの記憶には残るよな。それで隆之さん、なんとなくその女性に注目するようになって気づいたわけ。試合で何が起こっていてもまったくリアクションしない、って。試合にはまるきり興味ないみたいだって」

「あの、それに似た話をひとつ思い出しました」

　春子が言った。

「確か……歌舞伎の市川猿之《いちかわえんの》助《すけ》さんのことで。あ、今の猿之助さんではなく、三代目の」

「今の二代目市川猿翁《えんおう》さんですね」

　美菜が身を乗り出した。

「歌舞伎、わたしも好きなんです」

春子は曖昧に微笑んだ。歌舞伎は大好きで独身の頃は同僚の看護師たちとよく観に行った。でも結婚してからは一度も観劇に行っていない。正直、歌舞伎のチケット代は安くはなく、とにかくこつこつ貯金するしかない今の境遇ではかなりの贅沢品なのだ。

「わたしも聞いたことあります、三代目市川猿之助さんがストーカー被害に遭っていた件ですよね？」

「ストーカー？」

拓郎がけげんな声を出した。

「あの女性が、誰かのストーカーなの」

「市川猿之助さんのケースでは、熱心過ぎた、というか、ちょっと妄想の世界に入ってしまったファンが、いつも観客席のいちばん前の席で観るようになって、しかも舞台の上でどんなことがあっても手ひとつ叩かず、表情も変えず、能面のように無表情のままじっと猿之助さんを見つめていた、ということだったみたい」

「いちばん前の席で無表情に……まあそれはかなり怖いな。でもそれだけなら、その猿之助って人には特に害はないわけだ」

「そういうものじゃないわよ、歌舞伎はお芝居ですもの、芝居をしている役者さんたちは、お客様の反応には敏感よ。最前列のお客様がみなさん笑っていらっしゃる時に、一人だけにこりともせずじっと自分を睨んでいたら、気味が悪いだけでなく、相当なプレッシャーになってお芝居がしにくくなってしまうと思う」

「そりゃそうだけど、プロなんだから、観客がどんな反応しようとそれに文句は言えないよ」

「猿之助さんの場合、それだけじゃなかったの。その女性が他のお客様に、自分は猿之助さんの婚約者で、猿之助さんに言われて観に来ている、だから猿之助さんだけ見つめていればいい、みたいなことを言いふらしたの」

「ああ、それはまずいな」

「でも猿之助さんの私生活まで入り込んだわけではなく、ただ毎回最前列で芝居を観ていただけ、婚約者だというのはもちろん嘘だけど、その嘘で詐欺的な行為をはたらいたわけではない。それでストーカーと認定されるかどうかは微妙だったけれど、結局裁判でストーカー行為と認定されて、その女性が今後猿之助さんの近くに寄ることを禁止された……んだったと思うわ。かなり前のことなんでうろ憶えだけど」

「その可能性があるとすれば、あの女の人はチームの誰かの熱心なファンなのかな」

陽平が首を傾げる。

「でもなあ……だったらどうして、ホーム側に座らないんだろう。せめてバックネット上とかさ。そのほうが近くで観られるのに」

「ベンチの中にいるのを見たいんじゃないか?」

拓郎も、出されたコーヒーのカップを手にしたまま真剣に考えている。

「三塁側からのほうが、ホーム側のベンチの中はよく見えるよ」

「だとしたらうちのファンだ、ってことだろう?　なのに試合中はほとんど無反応というか、試合展開にまったく興味がないみたいらしいよ」

「そこが変なんだよね」

拓郎が言った。

「選手は好きだけど野球の試合自体に興味がない、って人も、いてもおかしくはないと思う。でも好きな選手が打席に立てば、試合に興味がなくたって応援はするよ。打ってほしい、活躍してほしいと思うのが普通だよ。あるいは守りについている時なら、エラーしないでほしいと思うだろうし、ピッチャーなら相手打者を三振させてほしいと思う。いずれにしたって、何らかの興味は示すよ」

「じゃ、選手が好きなんじゃないのかも」

美菜が言った。

「わたし、陽平さんとおつきあいするようになって初めて知ったの。野球って、選手以外にもすごくたくさんの人がかかわっているんだなあ、って。コーチがあんなにたくさんいることも知らなかったし、練習の時に球を投げる人が選手とは別にいることすら知らなかった。選手が交代で球を投げるのかと思ってたの」

「キャンプの時なんかは、実戦練習兼ねて選手の投手がバッティングピッチャーをすることもあるけどね」

陽平は笑った。

「でもバッピは一種の専門職だからな。選手として投手をするのとはまったく違う技術や神経のつかいかたが必要なんだよ」

「他にも、グラウンド整備する人とか、審判さんとか」

「記録係やマネージャーもいる。確かに、野球ってすごくおおぜいの人がかかわるスポーツだな。選手だけでも両軍合わせて最低十八人、それに監督ももちろん必要だし」

「その女性が興味があるのは、実は選手じゃなくて他のスタッフさんだ、ってことはない？」

「可能性としてはあるよ」

陽平が言う。

「プロ野球の場合、審判も含めてスタッフの多くは元選手だから。うちの二軍スタッフは全員、うちの元選手だし、二軍監督もコーチも、うちの一軍でプレーしたことある人ばかりだ。現役時代のファンが、スタッフになってからも顔が見たくて球場に来てくれている、ということは不自然なことじゃない。だけどさ、その場合だってまったく無表情に試合を観てるのは変じゃない？　試合には出なくたって、その人のことが好きならチームの勝敗には当然興味あるだろう」

「やっぱり気味が悪いわね」

「でも、どうこうすることはできないからなあ。さっきの歌舞伎の話なら、芝居の妨げになる、って理由で出入り禁止とかできるかも知れないけど、野球観戦を無表情でしてたからって、球場に来ないでくださいとは言えないもんなあ」

「ま、今のとこ実害はないよね」

拓郎が言った。

「変な人だな、ってチーム内でも話題にはなってるけど、あの人のせいで三振しました、なんて奴いないし」

「そうだな、まあ気にしても仕方ないな。それより拓さん、俺たちの結婚披露宴、やっぱ拓さんに司会、頼めないですか」

「冗談やめてくれ。おまえくらいの選手なら、プロの司会者を頼んだほうがいい。俺はぜったいやらないからな、司会とか。それでなくても喋るのは苦手なのに」

「プロの司会者とか頼むと、なんか芸能人の結婚披露宴みたいで仰々しくて」

「おまえ、少しは自覚しろよ。おまえは充分、芸能人並みの有名人なんだぞ」

「でも美菜はシロウトなんです」

「どっちにしたって招待客、かなりの数になるんだろう？　そういう会はプロに任せるに限るぞ。どんなアクシデントが起こるかわからないんだから。プロなら何があってもうまくまとめてくれる」

「客はあまり呼ばないつもりです。名簿作ってたらきりがなくなって、いっそごく親しい人だけにしよう、ってことになって」

「しかし呼ばないわけにはいかないだろう、チームの関係者は」

「まあ、チーム関係はね。でもできるだけアットホームな、気楽な披露宴にしたいんですよ。形式的な祝辞とかなしで。ちょうど、拓さんたちの披露宴みたいな、こぢんまりとして温かい感じの。俺、せっかく招待して貰ったのにちょうどハワイのウインターリーグに派遣参加してたでしょう。あとでビデオ見せて貰って、なんかすごい感動したんですよ。拓さんたち、ほんとに幸せそうだったし、呼ばれてたみんなも楽しそうだった」

「俺たちはほら、金もなかったしさ。いっそ何もしないでおこうかと思ったくらいなんだ。でもまあ、双方の親きょうだいのこともあるし、ささやかなものでもやっておいたほうがいいか、ってことになって。だからホテルだのなんだの高いとこは使わないで、柏木《かしわぎ》さんちの実家でやらせて貰った」

柏木誠次《せいじ》はチームの二軍スタッフで、元選手だ。実家が横浜でレストランを経営していて、とても安く披露宴を引き受けてくれた。それでもチームメイトやお世話になっているコーチ、スタッフさんたちを招待したので、七十人近い招待客数になってしまい、二人にとっては分不相応だった、と春子は思っている。それが陽平から見れば、こぢんまりとしたアットホームな披露宴に見えたあたり、収入の格差は金銭感覚の違いにしっかり現れるものだな、と、なんとなく感心してしまう。

「まあ気楽にやりたいって陽平の気持ちはわからなくもないけど、怪我でリハビリ中とはいえ、おまえはやっぱスターなんだからさ、披露宴くらい派手めにやったほうが、むしろ周囲は納得してくれると思うよ。俺たちの披露宴に呼ばれなくても、あいつらは金がないから仕方ない、って思われるだけだけど、おまえの披露宴に呼ばれなかったら気分害する人も多いだろう」

「そういうもんですかね」

「そういうもんさ。ま、俺はスターじゃないからよくわからないけどな。でも俺がおまえだったら、ここぞとばかりに派手に披露宴やるかも知れないなあ。だって普通結婚するとしたら二十代後半から三十代だろう、その年齢で、派手な披露宴をやっても笑われないくらいの収入がある人生なんて、そうそうないだろ？　もちろん野球で成功したのはおまえの実力と努力のたまものだけど、運の要素がまったくなかった、とは言えないだろ」

「もちろんですよ。勝負ごとの世界で生きている以上、運は大事です。運を摑めなければ成功はできないです。充分、わかってます」

「つまり、その歳で、金のかかる披露宴を堂々とできるってのはほんとに幸運なことなんだと思うよ。それができる運を摑んだんなら、その運を手放さない為にも、華やかに金をつかうな、俺だったら」

「金は天下のまわりもの、ですね」

「そう、金持ちになったら金をつかうのは社会に対する義務なんだ。世の中に金をまわさず、自分の懐に貯め込んでしまうと金が死ぬ。つまり、運も死ぬ。だから俺は、プロ野球選手が外車乗り回したりブランド品のばか高い時計つけたりするの、悪いことだと思わないんだ。よく子供たちが憧れる存在になるように、とか言うけどさ、今どきの子供たちは外車なんか見てもなんとも思わないし、時計の値段なんか見たってわからない。プロ野球選手が滑稽なくらい派手な身なりをするのは子供たちの憧憬を集める為なんかじゃない、稼いだ金をパッパとつかって社会に還元して、新しい金が入って来やすいようにする為さ」

「そんなこと言って、拓ちゃん、無駄遣いの言い訳を先に考えてるみたい」

春子は笑った。

「美菜さん、あまり真に受けたら駄目ですよ。しっかりお金は管理してくださいね」

「はい、そうするつもりです」

美菜も笑顔で言った。

「野球選手って、来年は何が起きるかわからない職業ですものね。いつ何があってもいいように、お金はしっかり節約します」

「おいおいおい、新車は買わせてよ、約束通り」

「いいなおまえ、また新車かぁ」

「厄落としですよ。今の車に買い替えてすぐ怪我して手術することになって、なんかツイてないんで、どうせなら車に厄を持ってって貰おうかな、ってね。二軍で試合に出られるようになったら新車にします」

「次、何にするの」

「今悩んでるんですよね。俺はハマーが欲しいんだけど」

「ハマーって、この前初めて見たんです、ショップで。そしたらなんか、トラックみたいで」

美菜の言葉に一同が笑った。

「あんなの置ける駐車場があるマンション、探すのが大変です」

「賃貸探してるの？」

「はい、大きな外車用の駐車場がある賃貸って、都内だと少ないんです」

「買っちゃえばいいじゃない、マンション」

「まだ早いっすよ」

「あ、おまえ、うちのチーム出る気があるとか」

「いやいや、ないです」

「いいよ、俺、口堅いから、本音漏らしても」

「だからないですって。手術してリハビリしてる間もすごくいろいろ気をつかって貰って、チームにはマジで感謝してるんです」

「でもおまえ、出身は福岡だろう。あそこのチームは金持ちだし、ＦＡ権とったら地元に戻って来いって、後援会とかに言われてない？」

「今はそういうこと、口にする時期じゃないっすよ。それに俺、福岡に帰りたいとはそんなに思ってないんです。美菜もこっちの出身だから、福岡に連れてったら苦労させるかもしれないし」

「そうやって悩めるだけ幸せだよ。俺なんか、いつトレードって言われるか。いやトレードならまだいいけど……おまえ相手だからあえて言うけど、十月一日が怖いよ、実際」

「先輩は大丈夫です」

「安請け合いするな」

「いや、ほんとです。俺、上で調子出なくて下《さが》って、下で先輩に受けて貰うと、上で何が駄目だったか気づけるんですよ。それで下で立ち直ってまた上の試合でちゃんと投げられるようになった、そういうこと、何度もありました。先輩にはなんて言うか、包容力があるんです。俺だけじゃない、同じようなこと言ってるピッチャー、他にもたくさんいます。球団だってそういうの、ちゃんと見ててくれますよ」

「でも俺……打撃がなあ。キャッチャーも打撃重視の時代だから、打てないとレギュラーはとれない。なんとかしようと思ってるんだけど……あ、悪い。こういう席でする話じゃないよな」

拓郎が箸を置いた。春子はにこやかに言った。

「デザートは、他のお店に行きませんか？　この近くにジェラートのすごく美味しいお店があるんです」

「わあ、わたしジェラート大好きです」

美菜が明るく言った。

「嬉しいです」

いい子だな、と春子は思った。美菜はいい子だ。陽平は、幸せな男だ。

2

「すみませんね、いつも」

美しい銀髪をきっちりとひっつめた古風な髪形がとても似合っている西田登美子《にしだとみこ》は、丁寧に両手を腿のあたりに添えて、腰を曲げて頭を下げた。つられて春子も丁寧に頭を下げる。

「いえいえ、たいしたものでなくてすみません」

「とんでもない。いつも本当に美味しくいただいておりますよ。お若いのに、さすがプロ野球選手の奥様だけあって、お料理はお上手ですわね」

「わたしはお手伝いしているだけなんです。メンバーにはお料理の先生や、シェフの経験者がいらっしゃって」

春子が住むマンションには、一人暮らしのお年寄りが五人暮らしている。マンションは分譲だが、建物が古いせいか、半数近くはオーナーが他のところで暮らしていて、賃貸に出している。春子たちも賃貸で借りているが、お年寄りたちはマンションが建った当初に購入した人たちだ。マンションが老朽化していくのと同時進行で、彼らの生活も変化して行った。子供たちは巣立ち、配偶者に先立たれ。二ヶ月ほど前、その五人の中の一人が室内で倒れたのだが、誰にも連絡できずに瀕死の状態で発見された。幸い入院して回復し、今はマンションに戻っているが、そのことがあって自治会は、一人暮らしのお年寄りへの声掛けを実施することにした。さらに志願者数人で週に一度集まり、お年寄りへの食事のプレゼントもすることになった。中心となったのは料理研究家の斎藤悠紀子《さいとうゆきこ》、テレビにも時々顔を出している有名人だ。その他にも、都内の人気カフェでシェフを務めていた伊藤《いとう》耕介《こうすけ》、フードライターの林燿子《はやしようこ》、といったプロが参加して、グループマンジェ、と名乗っている。林燿子は春子たちの部屋の隣人で、普段から顔を合わせればお喋りしたり、いただきもののおすそ分けをしたりと仲良くしているので、その燿子から誘われて、春子もグループマンジェに参加することになったのだ。食材はすべて斎藤悠紀子の提供、ただし、調理の過程やできた料理などは悠紀子のブログに掲載し、悠紀子が発売を予定しているお年寄り向けのレシピ本に収録する、という条件。つまり食材費は悠紀子の経費で落ちる、ということで、他のメンバーは労力を提供するだけでいい。調理の主導権は伊藤耕介と悠紀子がとってくれるので、春子は言われたままに刻んだり炒めたり、鍋の番をしているだけ。なので、登美子に褒められるとくすぐったくて困る。

でき上がった料理の配達は、配達先と同じ階のメンバーが担当している。

「ちょっとおあがりになって、お茶でもいかが」

毎週、登美子はそう誘ってくれる。そして春子はその招待を受けることにしていた。

登美子は天涯孤独の身だ、と話してくれた。二十歳の時に結婚した最初の夫とはたった七年で死別、三十二歳の時に再婚した相手との間には一男一女をもうけたが、六十歳を越えてから離婚した。長年夫の浮気に耐えていたが、長男が高校に入学した頃から夫は愛人宅に居座ったまま家に戻って来なくなったという。それでも子供たちが社会へ出るまではと我慢を続け、長男の入社式の日に離婚届を夫のもとに送った、とおだやかな顔で言った。すでにローンを完済していたこのマンションの一室が、唯一の財産分与。慰謝料は一円もくれなかったのよ。それでも、離婚して本当に良かったわ、と、登美子はまた今日も、同じ話を繰り返す。二十年間、子育てのかたわら派遣社員で事務の仕事を続け、こつこつと貯金をした。夫は食費や光熱費など最低限の生活費しか家計に入れてくれなかったので、自分や子供たちの服を買ったりたまに外食したり、休日に遊びに行く費用はすべて登美子が出していた。そんな生活だったから、二人の子供たちは当然登美子になつき、住むところさえあればそれで充分なのだ、と言う。今年から年金がおりるようになり、貯金も少しばかりあるので不安はないのだ、と。

とりとめもなく自身の半世紀を語りながら、登美子は時折、町の噂話をする。この町で三十年暮らした登美子には、春子には想像もつかない情報網があるらしい。

「一丁目のね、公園の横に新しく建ったマンション、ご存じ？　あのマンションにもプロ野球選手のご一家が住んでらっしゃるそうなのよ。あなた、何か知っていらっしゃる？」

「いいえ、初耳です」

「千葉マリナーズ？　なんでしたっけ、千葉の球団。あそこの選手なんですって」

千葉マリンブルーズの二軍練習場は隣りの町にある。本拠地のスタジアムは幕張なので、このあたりに住んでしまったのでは幕張まで通うのは大変だろうが、二軍選手ならば早朝から練習場に行くことを考えると、練習場から自転車でも行き来できる距離は便利だろう。ということは、拓郎と同じような立場の選手なのだろうか。

「そうなんですか。わたし、他の球団の方は誰も知らないんです」

「あら、そういうものなのね。それにしても素敵ですわねえ、プロ野球選手がご主人だなんて。失礼ですけど、あなたもテレビ局でアナウンサーしていらしたの？」

えっ、と驚いてから、春子はつい笑い出した。なるほど世間では、プロ野球選手と女子アナの夫婦、というのがイメージとして定着しているのだろう。だが女子アナと結婚できる選手は、その時点でかなり稼いでいるスター選手かスター予備軍ばかりだ。もちろんプロ野球選手に将来の保障などはない、首尾よく女子アナと結婚しても数年後に戦力外通告を受け、そのまま引退してしまうケースも珍しくはない。だが、一度でもスターと呼ばれる存在になったか、ならずに終わったかは、やはり大きな違いなのだ。

「わたしは、結婚前は看護師をしていました」

今度は登美子が驚いた顔になった。

「あらまあ、看護師さん？　娘も看護師なのよ！　結婚して岡山にいるんだけど、岡山の病院でね、看護師長をしているんですよ」

「それは素晴らしいですね。看護師長さんになられたなんて、とても優秀な方なんでしょうね」

「仕事は好きなようね、結婚しても子供を産んでも、ずっと働き続けているわ。あなた、どうしてお仕事お辞めになられたの？　プロ野球の選手と結婚すると、他のお仕事をしてはいけないの?」

「あ、いいえ、職業を持っていらっしゃる奥様もたくさんいらっしゃいますよ。でもわたしは、とても不器用な人間なんです。仕事をしながら夫を支えるのは、わたしには無理かな、と思って」

「なんだかもったいないわねえ。でも運動選手の旦那さんじゃ、栄養管理なんかも大変なんでしょうね。あなた本当にお料理がお上手ねえ。いつもとっても美味しいわ」

何度も説明はしているのだが、登美子にとっては料理を運んでくれる春子がその料理を作ったのだ、と理解したほうが簡単でいいのだろう。あまり強く否定するのもおかしいので、曖昧に笑っておくことにした。

「それでね、その駅前のマンションってなんていうんだっけ、セキュリティ? がとってもいいんですって」

「新しいマンションのセキュリティはしっかりしているでしょうね」

「この頃なんかこの町も物騒になっている気がして、ワンルームの部屋もあるって聞いたから、ここ売って住み替えできないかしらと思ってね、新聞に折り込みチラシが入ってたので問い合わせしてみたの。でもびっくりしたわ。ここ売ってもいちばん小さい部屋が買えないのよ! こんな田舎町にあんなお高いマンション、いったい誰が買うのかしらね、なんでもほとんど完売しちゃったらしいけど。きっと都心に住んでた人たちが買って移り住むんでしょうねえ。このあたり、自然に恵まれてて環境がいい、なんて錯覚して」

「錯覚ですか……緑は豊かだと思いますけれど」

「豊かったって、自然公園とかあるわけじゃないじゃないの。もともとこのあたり農家ばっかりだったんだもの。あたしは実家が農家だったからよく知ってるのよ、田んぼだの畑だのって農薬撒くから、近くに家なんか建てたら農薬が入って来るんで窓もろくろく開けられないわよ。もっとも農薬って目に見えないから、都会から来た人達は平気で吸い込んで、ああいい空気だなんて言うんでしょうけど。でもほんと、セキュリティがいいっていうのは惹かれるわ。あたしみたいな年寄りの一人暮らしだと、強盗とか怖いもの。オートロックなんてあてにならないわよね、住人が中に入るのにくっついて入れば誰だって入れちゃうんだから」

「そうですね」

「帰って来てエントランスに入る時に知らない顔がすぐ後ろにいたらね、気が変ったふりして一度マンションから出ることにしてるのよ、あたし。暗証番号打ち込むの見られてたら嫌だし、ついて入って来られて何かあったら責任感じちゃうもの。そうそう、昨日ショッピングセンターの薬局で聞いた話なんだけど、青空四丁目で空き巣被害があって、何百万円か盗まれたんですって。家族で外出していた時にやられたみたい。でも家にそんな現金を置いてたのかしらね」

「貴金属とかじゃないでしょうか。腕時計一つでも百万円を超えるものってあるそうですから」

「そんな高い時計があるの！　そんなものつけたらどこにも外出できないじゃないの、ぶつけたりするのがこわくって」

青空四丁目はこのあたりの中でもっとも富裕層が暮らしている地域だ。もともとは丘だったところを宅地にして分譲したようで、一軒あたりの敷地面積が百坪以上、どの家も、住宅展示場の見本のように立派で大きい。あのあたりに住んでいる人達なら、百万円の腕時計が家にあってもおかしくないだろう。

「あ、そうそう、ねえこれ、どうかしら。誰でも出られるって書いてあるんだけど」

登美子が立ち上がり、冷蔵庫に貼り付けてあったチラシを取って春子に見せた。

「昨日ね、市役所に行ったら配っていたの」

「……あ、あおぞらテレビののど自慢ですね」

あおぞらテレビは、地元青空市のケーブルテレビ局だ。青空市民は無料で視聴することができて、地元の情報や地域の行事の告知などを流している。市内の祭りの中継、市内のショッピングセンターのバーゲン情報、新しく開院した病院や施設の情報など、青空市で生活していく上では何かと便利なテレビ局だった。娯楽系の番組も少し放送していて、あおぞらのど自慢、は人気番組だ。ＮＨＫの「のど自慢」をそっくり真似たような番組だが、ご近所さんが出演するので、知っている顔がテレビ画面の中で歌っているのを見るのは楽しい。

「どうかしら、わたし、一度これに出てみたいんだけど」

「楽しそうですね。予選があるんですね……来週の火曜日ですね」

「わたしなんかが出てもいいのかしら」

「もちろんですよ。青空市民なら誰でも予選参加できます、となってますよ。あ、でも人数制限があるんですね。あおぞらテレビで直接予選参加申し込み、となってますね。三十人で締め切り、ですって」

「あおぞらテレビってどこにあるんでしたっけ」

「市役所の並びです。わたし、買い物に行くついでに寄って申し込みして来ましょうか」

「そうしてくださるととても助かるけど、本人でなくても申し込めるのかしら」

「ちょっと電話して訊いてみます」

春子はチラシに書いてあった問い合わせ電話番号に、携帯から電話した。

「簡単なものでいいので、委任状を持って来てください、と言われました。署名とハンコを捺してくださいって」

「あらまあ、委任状なんて書いたことないわ」

「便せんあります？　代筆しますから、署名だけお願いします」


登美子の家を出て自転車に乗り、市役所を目指した。市役所は真新しい建物で、市町村合併で青空市が誕生した際に新築された、なかなか立派なものである。春子が暮らすマンションからだと自転車で二十分はかかるのでちょっと遠いが、同じ通りにショッピングセンターがあるので、買い物のついでなら便は悪くない。

あおぞらテレビは、市役所の並びに建てられた小さな建物で、テレビ局というよりは郵便局か何かのような、こぢんまりとした風情をしている。もともとはこの建物が役場だったらしい。駐車場だけは広くて、中継車が一台停っているところがテレビ局らしい。

受付で案内を請うと、のど自慢予選申し込みは二階だと教えられた。階段をのぼってすぐ左の会議室に、あおぞらのど自慢予選受付、と書かれた紙が貼られている。ドアを開けて中に入ると、長テーブルに一人で座っている中年女性が、何かをせっせと折っていた。

「あの」

春子が声をかけると女性が顔を上げた。

「来週の火曜日の予選に申し込みたいんですけど」

「あ、はいはい」

女性はにこやかに、紙を差し出した。

「これに記入してください」

「先ほど電話で問い合わせした者なんですが、委任状が必要だと」

「ああ、ええ、先ほどの電話はわたしが受けました。委任状、お持ちですね？」

春子が封筒に入れた委任状を差し出すと、女性はそれにさっと目を通した。

「まあ形式的なことだけなんですけどね。予選当日、ご本人がいらっしゃらなければ棄権になるだけなので。でも他人の名前で応募する人がぜったいいない、とは言い切れないしねえ。いろいろおかしなことが起こる時代ですから」

春子が必要事項を記入した紙と委任状を、女性はステイプラーでぱちんと止めた。

「はい、まだ定員以内ですから、申し込み完了です。これに集合時間とか注意事項が書いてありますから、よくお読みになってからいらしてくださるようお伝えくださいね。あ、それから、これよろしかったらお持ちください」

女性は春子に何枚かまたチラシのようなものを手渡した。

「ご苦労様でした。ご近所の皆さんにもそれ、お渡しくださいね」

*

「ふぅーん。おあぞらテレビもいろんなことやってんだなあ」

拓郎は、スプーンで威勢良くカレーを口に運びながら、春子がテレビ局から持ち帰ったチラシを読んでいる。

「簡単ヘルシー献立コンクール、ベランダ園芸みんなの知恵袋、中国語で話そう……なんかカルチャースクールみたいだな」

「視聴者参加型だと視聴率がいいんでしょうね、顔を知ってるお隣りさんが出てるから」

「ケーブルだから視聴率はあんまり関係ないと思うけど、反応が良ければ住民サービスがいい自治体ってことにも繋がるもんな」

「実際、便利よね、あおぞらテレビ。新規開設の病院の案内とか、図書館だよりとか。そうそう、試合も放送してくれるし」

「二軍の試合でもCS放送することはあるけど、毎試合流してくれるのは地域ケーブルテレビなればこそ、だよな」

あおぞらテレビでは、二軍戦でも地元のホームゲームは毎試合中継してくれる。ただ中継時間は決まっていて延長放送はないから、試合が長引いてしまうと最後まで観られないこともある。

「おかわり」

拓郎はからっぽのカレー皿を春子のほうに差し出した。今夜は牛スジ肉のカレー、拓郎の大好物だ。

「野菜も食べてね」

「食べてるよー」

拓郎はブロッコリーを口に入れてみせた。拓郎はいくらか偏食があり、緑色の野菜をすすんでは食べようとしない。でもチーズが大好きなので、ブロッコリー、インゲン、ほうれん草などを茹でてマヨネーズであえ、耐熱容器に入れてシュレッドチーズをたっぷりのせてこんがりと焼いた温野菜のチーズ焼きは、拓郎に緑色の野菜をたくさん食べて貰う為のスペシャルメニューだ。

「あれ、これなんだ？」

拓郎が一枚のチラシを見ながら言った。

「……オレオレ詐欺ご用心のチラシが混ざってる」

「混ざってるというか、混ぜてるんじゃない？　のど自慢に参加する人にオレオレ詐欺に気をつけてくださいね、って。そう言えば、地域放送でも一日に何回か、オレオレ詐欺に騙されないようにって流してる」

「へえ。そんなに多いんだ、被害」

「次から次へと手を変え品を変え騙そうとしてるんですって。下の階の山下《やました》さんのところにも電話があったそうよ。北海道の大学に通っている息子さんを名乗って。どこから情報を仕入れるのか、ちゃんと北海道から電話してるって言ったんですって。少し声が違うような気もしたけど、そう言われたんですっかり信じたって」

「騙されてお金とられちゃったの？」

「途中までは信じて、息子さんが交通事故起こしたら相手がヤクザで、示談にするのに五百万円必要だって言われて定期解約しようと思ったみたい。でもお金を振り込むんじゃなくて、示談にしてくれる弁護士さんが取りに来るって言われて、北海道からわざわざ飛行機で？　ってちょっと変に思ったら、電話の声が変って弁護士ですって。で、一時間後に行くって言われて」

「北海道から一時間で来られるのはドラえもんだけだ。ドラえもんなら三秒あればポケットからどこでもドアを出せる」

「山下さんも、一時間で来られるんですか、って聞き返したんですって。でも相手は、東京にも事務所があるからとか言うらしいの。で、五百万なんて一時間では用意できない、明日までに用意しておくから明日にしてくれ、って言ったら、また息子だという声が出て来て、すぐにお金を渡さないとひどい目に遭わされるとか涙声出すんですって」

「芸が細かいんだなあ」

「すごい熱演だったみたいよ。だけどその熱演ぶりでかえって、山下さんは冷静になっちゃったんですって。山下さんの息子さんって、そういうタイプじゃないらしいの。それに考えてみたら、弁護士がついているのにそんな無茶な要求に応じないとひどい目に遭わされるなんて、変だな、って。で、玄関に誰か来たからとりあえず切る、って強引に電話を切って、すぐに息子さんの携帯に電話したら繋がって、詐欺だってわかったの。即、一一〇番したら、専門の刑事さんが来てくれて、すごく細かく声の特徴とか会話の内容とか訊かれたそうよ」

「それからどうなったの。詐欺師捕まった？」

「ううん。強引に電話を切ったんで相手は、詐欺だってバレた、って思ったんでしょうね、二度と電話かかって来なかったみたい。本当なら、息子さんの携帯電話も番号が変ったとかなんとか言うつもりだったんでしょうけど。刑事さんが、電話をかけた人が未熟だったたんだろう、って言ったらしいわ。山下さん、詐欺師にも新米がいるのね、って大笑いしてたけど、五百万ものお金、だまし取られる寸前だったんだから笑っていられないわよね」

「俺の名前で電話かかって来ても、金なんか用意するなよ」

「しません。試合中の怪我とかなら球団から連絡が来るでしょうし、万が一交通事故とか起こしちゃったとしても、拓ちゃんはぜったい示談なんかにしないから」

「球団からも、勝手に示談にするのは禁止されてるしな」

「でも起こさないでね、事故」

「起こさないよう慎重に運転してます。それでなくても試合中に怪我する危険があるのに、試合以外で怪我なんかしてたまるか、でございます。それにしても落ち着かないな……じっとしてると、いろいろ考えちゃうよ」

「でも待つしかないでしょう」

「そうだけどさ……」

　二軍の公式戦は先日の試合で日程を終了した。チームは優勝を逃したので、イースタン代表として二軍の日本選手権には出られない。二軍の日本選手権が終わると、九州で秋季教育リーグがスタートする。ＮＰＢのチームの他にも、韓国のチームや独立リーグのチームが参加する大規模なリーグ戦で、ＮＰＢの若手選手にとっては、そのリーグ戦に参加できるということは球団から見ていくらか期待されているという意味になり、十月から始まる戦力外通告を受けるおそれがかなり低くなる、ということでもある。もちろん絶対ではないので、秋季リーグに呼ばれれば戦力外通告はされない、というわけではないけれど、クビにするつもりの選手に費用をかけて教育リーグに参加させる必要はないわけだ。

その秋季リーグへの参加は、まず第一陣としてメンバーが発表される。それが今日か明日、の予定だった。だが秋季教育リーグは一軍の公式戦がまだすべて終わっていないうちに始まるので、若手選手でも一軍にいる選手は第一陣のメンバーから外れる。それらのメンバーは一軍公式日程終了時に追加発表されて、一軍の最終戦が終わると休む暇もなく九州へと向かうことになる。そして、それらの選手が呼ばれるのと入れ替わりに、何人かの選手は帰京を命じられる。九州に一人選手を置いておけばホテル代などの経費がかかる。試合に出られる人数には限りがあるし、練習するにしても人数が多過ぎると一人あたまの練習量は減ってしまう。プロ野球の世界では、満足に練習させて貰えるかどうかすら、実力順なのだ。期待度の低い選手には、宿代すらかけて貰えない。

そして秋季教育リーグに参加できたとしても、そのあと、一軍公式戦終了後に行われる秋季キャンプに呼ばれるかどうか、第二関門が待っている。

秋季キャンプには一軍のトッププレイヤーや、年齢が三十を越えた選手はあまり参加しない。一軍の試合にフル出場した選手たちは、みな疲労を溜め込み、大なり小なり故障を抱えている。それらを治すメンテナンスを優先することになる。だが若手選手は疲れてはいても、リーグ戦を終わった時点では肉体が野球をすることに慣れている状態なので、多少の無理はきく。なので、秋季キャンプは練習量が多く、過酷なスケジュールを選手に課して、からだが動くうちに鍛えることを目的にしている。十代、二十代の選手で秋季キャンプに招集されなければ、球団の費用で鍛える必要のない選手、ということになってしまう。つまり秋季教育リーグに参加できても、秋季キャンプメンバーから外れてしまえば、限りなく戦力外通告に近づくことになるのだ。

とりあえず、今はひたすら待つしかない。まずは九州へ行け、という指令が来るのを待つ。公式戦は終わっても、十一月いっぱいまでは契約期間内なので、いつ呼び出されてもすぐに出かけなくてはならないし、練習日もちゃんと設定されているのでその日は練習場に行かなくてはならない。拓郎はからだを動かしているほうが気が紛れるらしく、練習日ではないけれどキャッチボールをしに行く、と用意を始めた。投手たちが練習する時は球を受けてくれる捕手が必要なので、拓郎は二軍の投手が練習場に行く時は自分も行くことにしている。

「晩飯、リクエストしてもいい？」

「いいわよ、まだ献立考えてないし」

「ロールキャベツが食べたい。おハルのロールキャベツ」

「何味にする？　トマト、コンソメ、ホワイトソース」

「透明なやつ」

「コンソメね。了解でーす」

夕飯のおかずをリクエストするのは、炊事を妻に任せている夫ができる、最大の料理手伝い二つのうちのひとつだ、と春子はいつも思う。料理は好きだし楽しいので作るのは苦にならないが、献立を考えるのが大変なのだ。できれば同じメニューは三ヶ月に一度くらいにしたいけれど、夕飯だけでも三ヶ月で九十回、九十種類ものメインディッシュを考えるだけで疲れてしまう。食べたいものをリクエストしてくれたら、メインについては悩まずに決められるのでとても楽になる。そしてもう一つの手伝いは、もちろん、皿洗い。

食洗機を買おう、と拓郎は言ってくれるけれど、春子はひそかに、拓郎と並んで皿を洗う十分足らずの時間を楽しみにしている。

横に並んで立つと、拓郎はとても大きい。春子も女性としては決して小柄なほうではないのだが、百八十二センチ九十キロの拓郎の横に立つと、自分がとても小さくなったように感じてしまう。でもそれが、なんとはなしに嬉しく、心地よい。

野球選手は細く見えても体重が重く、がっしりとしている。拓郎も九十キロあるようには見えないのだが、胴回りや尻、太腿などのサイズは普通の人よりふたまわり大きい。

そんな拓郎の横に並んで拓郎の「大きさ」を感じているのが、春子にとってはとても心ときめく時間なのだ。

冷蔵庫を開けて食材をチェック、メモ用紙に買い足すものを書きつける。拓郎の仕事はからだが資本、食事だけはある程度お金をかける覚悟でいるが、無駄な出費は避けなくては。万が一戦力外通告を受けてしまえば、来年は無収入になる可能性もある。看護師の資格があるといっても、すぐに条件に合致する職場が見つかるとは限らないし……もし赤ちゃんができちゃったら……

春子は、避妊せずに拓郎を受け入れた前夜のことを思い出して、ひとり頬を赤くした。

拓郎は早く子供が欲しいらしい。春子は、正直、どちらでもいいと思っている。赤ちゃんはかわいいだろうし、子供を産んでみたいという素朴な望みはあるけれど、拓郎がプロ野球選手としてあと何年やっていけるのか曖昧な今は、時期としてはあまりよくないとも思う。今子供が生まれてしまえば、どうしても拓郎のことより赤ん坊のことに時間も手間もかかってしまい、心も赤ん坊のことで占められてしまうだろう。自分はそんなに器用な人間ではない、と春子は自覚している。今は、拓郎のことだけ考え、拓郎の為に全力を尽くしたい。拓郎にとってある意味、今が人生の岐路なのだ。だから拓郎にも避妊してくれるよう頼み、基礎体温もきちんとつけて妊娠を避けるようにして来た。でも、前夜、拓郎が言ったのだ。

そろそろ子供、つくろうよ。

俺、大丈夫だよ。何があっても子供を守る。子供とおハルを守る。

戦力外になっても、何やってでも働いて、ちゃんと稼ぐから。

拓郎の口から戦力外、という単語が出たことが、春子には衝撃だった。それだけ拓郎も覚悟をしている。覚悟を決めているからこそ、子供をつくろう、と言ったのだ。

拓郎にそれだけの覚悟があるのなら、自分はついて行くだけだ。

いつも、自転車で三丁目の商店街まで買い物に行く。もっと近くに大型スーパーマーケットもあるけれど、春子は商店街が好きだった。もしかするとスーパーのほうが安いのかもしれないのだが、カゴに品物を入れるだけという手軽さが、ついつい余計なものまで買ってしまう原因になっているような気がするのだ。買うべきものはきちんとメモして行き、商店街でそれぞれの専門店で品物を吟味して、メモに書かれたものだけ買う。結局はそれがいちばんの節約になると思う。

商店街の入り口に自転車置き場がある。無料だが、盗難の責任は負いません、と大きく貼紙がしてある。けれどそこに置いた自転車が盗まれた、という話は聞いたことがない。なぜなら自転車置き場の真ん前にたい焼き屋があって、みんなにおトキさん、と呼ばれている女主人が、たい焼きをひっくり返しながらずっと見張っているからだ。おトキさんは驚くほど記憶力がいい。見知らぬ人間が自転車置き場に近づけば必ずその顔を憶えている。

いつものように自転車を置いておトキさんに挨拶した。おトキさん、というのはたぶん、歌手の加藤登紀子さんによく似ているからついたニックネームだろう、と春子は想像している。

拓郎のリクエストはロールキャベツ。何はともあれ、まずは八百屋だ。

商店街の真ん中あたりにあるヤオゲンは、商店街が誕生した時からあるこの町の歴史のような店である。何しろ戦前からこの町で八百屋をやっていて、商店街ができた時には当時の店主が初代商店街組合長に就任したらしい。今の店主は四代目、三代目の親父さんが還暦を迎えて店主の座を息子に譲り、弱冠二十三歳にして店主となった。威勢のいい若者で、春子の顔を見ると大声で挨拶してくれる。

「57番さん、今日のおかずは何？　今日は大根、大根のいいのが入ってますよ！」

57、は拓郎の背番号。この町の人達は二軍の試合もよく見に来てくれる。

「今日はキャベツがほしいんです。ロールキャベツにしようかな、って」

「キャベツ、おまかせあれ！」

店主は積み上げられたキャベツの山からささっと三個ほど選んだ。

「このあたりなら間違いないっすよ。今頃のキャベツは冬キャベツ、冬キャベツはね、持ってみてずっしり重たいのを選ぶのがコツ。重いってことは葉が硬くしっかり巻いてるってことだから。春キャベツはふんわりしてるほうが美味しいんだけどね、ロールキャベツなら冬キャベツじゃないと。それとね、この外葉。外側の葉っぱ。これ、うちはとらずにつけたまんま売ってるでしょ、この葉っぱは古くなるとすぐしおれたり色が悪くなるから、自信がない店はとっちゃうのよ、古いのがバレないように。でもうちはつけたまま。売れ残った古い野菜なんか売らないからね、うちは。値下げしてでも新鮮なうちに売り切るのがヤオゲンだ。だからこの葉っぱを見て、緑が濃くて瑞々しいやつを選べば間違いないわけ。そら、どれにします？」

立板に水の売り口上も、だいぶ様になって来た。親父さんを真似て少しだみ声を出しているのも健気で気持ちがいい。春子は、二人分のロールキャベツが充分作れそうな、小さめの玉を選んだ。

「あら春子さん」

背後から声がかかる。

「こっちまで買い物に来るの？」

二軍練習場のすぐ近くにあるお蕎麦屋さんの奥さんだった。試合を観るついでに寄ってお昼を食べることがたまにある。寮生活をしている選手たちも、おやつ代わりに食べに寄ることがあるらしい。

「はい、自転車だとすぐですから」

「でもおたくのほうには青空モールがあるじゃない。あそこのスーパー、安くて品物が多いって聞いてるけど」

「ええでも、わたし、商店街が好きなんです。商店街のほうが買い物が楽しくて」

「あら、じゃあたしと一緒だ。あたしもそうなのよ、どうもねえ、スーパーだとついつい、カゴに余計なもの入れちゃって」

やっぱり。春子は思わずうなずいた。

なんとなくお蕎麦屋さんの奥さんと連れ立って次の店、肉屋に入る。奥さんの名前が斎藤敏美《としみ》さん、だということを春子は初めて知った。

「……そうなのね。プロ野球選手も大変なのねえ。なんかプロ野球選手の奥さんになるなんて、ちょっと同じ女としては憧れるというか嫉妬しちゃうんだけど、現実は甘くないのねえ」

「一軍でたくさん稼げるスター選手とは違いますから」

「でもいつかそうなる可能性はあるわけでしょ。そういう意味では夢があっていいわよ。うちなんか親の代からの蕎麦屋でさ、亭主は蕎麦打ち職人でうちの店で修業してて、そのまま入り婿になっちゃったのよ。亭主は自分の店で蕎麦打つ夢が叶って良かったんだろうけど、わたしはねぇ、正直、随分親を恨めしく思ったもんよ。どうして女なのに跡継ぎにならないといけないのよ、って。そりゃわたしにだって夢はあったもの、蕎麦屋の女将じゃない人生だって歩いてみたかった。まあでも、家つき娘に生まれて食べるのに困ったこともなくて、今だって家賃がかかるわけじゃなし、大儲けはできないけどかろうじて黒字にはなってるし、こんなご時世だから贅沢言うとバチが当たるわよねえ。なんかしらないけど、日本も貧困家庭ってのが増えてるそうだし。あ、今日ハンバーグにしよう。ほら挽肉特売よ。あなたもどう？」

　ロールキャベツにも挽肉は使うけれど、店で売っている挽肉は脂肪分が多過ぎる。拓郎はどちらかと言えば太りやすい体質だ。特売には惹かれたけれど、いつものように赤身肉をフードプロセッサーで挽くことにして、赤身肉を買った。

　肉屋の次は魚屋。メインはロールキャベツだが、毎夕食に必ず魚の献立を一品入れることにしている。肉と魚が一品ずつ、それぞれ野菜たっぷりと組み合わせる。それに豆と海藻で小鉢やサラダなど作って、青い野菜は別にどっさり、おひたしやスープなどにして出している。仕方ないことだけれど、食費はかなりかかっている。でもそうして毎日食べるもので拓郎のからだは維持されるのだ。

綺麗な桃色の身のカジキマグロが刺身用に売られていたので、今日の魚料理はカジキの刺身にした。明日の朝に焼く干物を少しと、お味噌汁用にアサリ。敏美さんはイワシを買った。つみれ汁にするそうだ。ちょっとチャレンジしてみたいと思ったけれど、拓郎はイワシがあまり好きではない。でもオフにはイワシのつみれ、作ってみよう。小骨をたたいて混ぜれば、からだに良さそうだ。

「ねえ、たい焼き食べて行かない?」

乾物屋と果物屋に寄ってから自転車置き場まで戻った。敏美に誘われるまま、たい焼き屋に入る。店の前の屋台で焼いたたい焼きを、お茶と一緒に食べられるようにテーブルと椅子が置いてあるだけの、小さな店だ。おトキさんが焼きたてのたい焼きを皿にのせて持って来てくれた。お茶はセルフサービス。ラムネやフルーツ牛乳なども売っている。

「おいしーい。やっぱたい焼きはおトキさんとこが一番だよねえ。デパートなんかで行列ができてるやつ買ってみたけど、甘いばっかかでちっとも美味しくなかった」

敏美は二つ目のたい焼きを頬張る。

「それにしても、世の中不公平よねえ。わたしたちなんか、買い物ついでにたい焼き食べるくらいが楽しみだって言うのに、ねえ知ってる？　新しくできた駅の近くのマンション。あそこいちばん高い部屋は六千万もするらしいわよ。六千万！　都内ならいざ知らず、こんな町で六千万なんて買う人いるのかしらと思ってたけど、完売ですって。そうそう、野球選手も入居してるらしいわ」

「あ、そんな話ちょっと聞きました」

「お宅の旦那さんと同じチームの人？」

「いいえ、違うと思います」

「なんかすごいわよねえ、野球選手だけじゃなくて、なんとかいう俳優さんも入ったみたいよ。あんなマンションができちゃうと、このあたりも様変わりするのかしら。でもあのマンションができたおかげで、二丁目のグランコート、あそこが値下がりしちゃったらしいの。ちょっとざまあみろ、って気分だわ」

「グランコート……あ、あの綺麗なマンションですね、丘の上の」

「あそこ、五年くらい前に建ったんだけどね、このあたりにあんな豪華なマンションできたの初めてだったでしょ、どんな人が住んでるんだろうってみんな興味津々だったのよ。

ところがさ、町内会には入ろうとしないわ、夏祭りにもまったく協力しない、近くにある保育園の園児の声がうるさいって文句はつける、なんかエラソーで上から目線で、すっごい感じ悪かったの。まあ住んでる人みんなが感じ悪いわけじゃなくて、個別だとね、ちゃんと挨拶してくれる人もいたし、夏祭りだって個人としてお手伝いに来てくれた人もいたんだけど、自治会が感じ悪かったのよね。ま、五年も経てばそこそこくたびれた感じも出て来てるし、駅前にすごいマンションが建っちゃったし、グランコートの自治会もそろそろ態度をあらためてくれる潮時だわね。詐欺事件もあったことだしね」

「詐欺事件？」

「あら知らない？　よくあるお年寄り相手のリフォーム詐欺よ。グランコートに住んでるお金持ちのお宅でね、一人で留守番してたお爺さんが騙されたの。役所から来ましたみたいなこと言って部屋にあがりこんで、あちこち点検するふりしてガスのメーター壊したり風呂場の排水口にボロ布詰めたりするんですって。で、水を流したら詰まって溢れるでしょ、それを見ておろおろするお爺さんにリフォームの契約書にハンコ押させる、なんかそんな手口よ。でもそのお爺さん、そいつらは詐欺師じゃなくて泥棒だって言い張ったみたい。リフォーム契約は目くらましで、ほんとの目的はお爺さんの箪笥預金だったたって。箪笥預金ったって金持ちのすることだから我々のとはケタが違うのよ。なんと七百万円盗まれたって」

「七百万！　そんなに現金を家に置いてたんですか」

「家族にもナイショで、自分の部屋に隠してたみたい。銀行に置くと家族に盗られてしまうとかって。たぶん認知症の初期よね、猜疑心が強くなって、特にお金や持ち物を家族に盗まれるって騒ぐの、よくあるパターンらしいわ」

「見つかったんですか、七百万」

「さあ、そもそもほんとにそんなお金があったのかどうかもわからないじゃない。現金ってなくなっちゃうとそこにあった、って証明できないでしょ。警察も困ってる、って話よ。ただね、リフォーム契約はでたらめで、そっちの被害は結果としてはゼロだったから、お爺さんの言ってることはほんとなのかもね、って、まあ全部噂話だから。グランコートに知り合いなんかいないもん。オレオレ詐欺といいそういうのといい、なんか怖い時代よね。家族が留守で、ちょっとボケかけてるお年寄りが一人でいるのを狙って入り込むなんて、いったいどうやって家族が出かけてるって情報、得るのかしら。それだけの情報網があれば、七百万を現金で部屋に隠してるなんて情報もつかめるんでしょうねえ。詐欺師集団だか窃盗団だか知らないけど、なんかすごいわね」

3

何か……何かひっかかるなぁ。

さっと茹でたキャベツの葉の水気を拭きとり、挽いた肉にスパイスと卵、パン粉などを混ぜてこねた肉を包む。簡単な料理だがけっこう手間はかかる。でも拓郎が嬉しそうに食べる顔を想像すると、面倒な作業が楽しくなる。

でも今日は、なんとなく頭の中で妙なもやもやが消えてくれず、料理に集中できない。なんだろう。何か思いついた……うん、そう……答えがわかった気がしたのよね。でも、何の答え？

春子は料理を中断し、洗面所で顔を洗った。ひんやり肌を引き締めるタイプの化粧水をコットンにたっぷりとって、バタバタと顔を軽く叩く。気分がすっきりしない時や、なんとなくやる気が出ない時に春子が行う儀式のようなものである。料理は刃物や火をつかう仕事だ、いい加減な気持ちでやっていると怪我をする。拓郎がシーズン中は余計な怪我をしないようどれだけ気をつけて生活しているか考えると、春子も怪我だけはしないように生活しなくちゃ、と思う。拓郎をサポートすると決めて仕事を辞め専業主婦になったのだから、自分の体調管理も仕事のうちなのだ。

余計なことを考えずに料理に全力投球した結果、いつもより早く準備が整った。練習場にはナイター設備がないので、球が見え難くなったら練習終了、でもそのあと寮に寄って筋トレをしてから帰って来るのがいつもの習慣だ。拓郎が帰って来るまで本でも読もうかと思ったが、またぞろさっきのもやもやしたものが頭に浮かんで来て、本の内容が頭に入って来なかった。

春子は、無表情に試合観戦している女性、のことについて考えていた。少し怖かったのだ。歌舞伎役者の場合とは様子が違うとは思っても、ストーカー的なファンの常軌を逸した行動でないとは言えない、と思った。拓郎のように地味な選手でも、応援してくれているファンはいる。ファンがいるということは、妄想を抱いてしまう人もいるかもしれない、ということだ。

電話が鳴った。出ると川田陽平だった。

「あ、まだ練習から帰ってないんですか」

陽平は明るく言った。

「いや、そうだろうな、と思って。ちょうどいいです」

「え？」

「春子さんにお願いがあって電話したんですよ。拓さんがいないほうが、春子さんも受け答えしやすいでしょ」

「あの、わたしに、ですか」

「春子さんから拓さんに、僕らの結婚披露宴の司会を引き受けるように口添えして貰いたいんです」

「あ……でもそれは……あの人、そういうこと苦手なタイプですから」

「わかってます。俺も拓さんとは長いつきあいだし。でも、そこをあえてお願いしたいんです。というか、俺、拓さんの司会がないなら、披露宴なんかやりたくないんですよ」

「そんなことおっしゃっては」

「披露宴なんて、ぜったい必要ってもんじゃないです。両家の人達、俺と彼女の両親ときょうだいだけで集まって食事でもすれば充分だと俺は思ってるんです。でも彼女はやっぱ女性だから、披露宴とかやりたいのかな、と思うんで」

「うちの人は人前で喋ったりするのが本当に苦手なんです。そうでなければ、川田さんの為なら人肌脱ごうと言っていたと思います。苦手だとわかっていることをさせるのは……」

「喋んなくていいんです。黙って立っててくれるだけでも」

「そんな……それじゃ司会にならないですよ」

「彼女の友達に頼んでもう一人司会をつけます。彼女の大学の同窓生に、現役の女子アナがいるんですよ。地方局の人だけど、プロだから喋りはばっちりです。その人と組んで貰うんで、ほんとに喋らなくてもいいんです。すみません、無茶言ってるのはわかってます。でも俺、拓さんがそばに立っててくれれば心からの笑顔でいられると思うんです。正直、今の俺は披露宴どころじゃないんです。これからうんざりするほど長くて辛いリハビリが続きます。それで復帰できたとしても、元の俺みたいな投球ができるかどうかわかりません。手術して復帰しても、球速や球威が戻らずにそのままフェイドアウトする投手はたくさんいるんです。正直言えば、今の俺には結婚する資格すらないのかもしれない。これからジリ貧になって二、三年後には戦力外になるかもってわかってて、彼女と結婚しちゃいけないのかも、って考えると、披露宴なんてやる気分じゃないんです。でも……昨日は黙ってたけど……彼女、妊娠してるんです」

「え、あ……お、おめでとうございます」

春子は受話器を持ったままどぎまぎした。陽平は笑った。

「すみません、驚かせて。気をつけてたつもりだったんだけど、なんかその……まあ、とにかく、俺、美菜を愛してます。彼女を幸せにしたい。だから妊娠してるって判った時、腹を括りました。結婚しよう、ってその場で言いました。その点にはもう迷いはないんです。運悪く野球選手としては駄目になったとしても、どんな仕事してでも彼女と生まれて来る子供は守ります。その意味では、披露宴するのも俺の覚悟を示すことができていいのかもしれない、と思ったんです。でも、ああいう披露宴ってみんな簡単に口にするじゃないですか、末永くお幸せに、みたいな言葉。わかってるんですよ、それが礼儀だし常識だし、来てくれる人達はみんな、俺たちが幸せになることを願ってくれてるって。でも俺、もともと素直じゃないから、なんか来年野球選手としてどうなるかわからないリハビリ中の身で、末永く幸せに、なんて言われたら笑顔になれない、失礼なこと言い返しかねない……自分で嫌になりますよ、この性格。そんなことしちゃったら美菜がかわいそうだし、来てくれた人達にも申し訳ないし。だから拓さんにそばにいて欲しいんです。子供みたいなこと言ってほんとにすみません、だけど、俺、拓さんのこと人生の恩人だと思ってるんです。拓さんの顔を潰すようなことだけは殺されたってできない、そう思ってます。だから、拓さんの為なら無理したって笑顔作って、披露宴の間、花婿としての義務を果たせる、そう思うんです」

「うちの人が、人生の恩人……」

「そうです。拓さんはそういうこと吹聴する人じゃないから、春子さんにも話してないんですね。だから俺から聞いたってことは内緒にしといてくださいね。俺、入団してすぐにある先輩から睨まれて、陰湿なイジメを受けたんです」

春子は驚いた。拓郎から、チーム内の人間関係はおおむね良好、と聞いていたからだ。だが、拓郎と違って陽平はドラフト一位入団、最初から脚光を浴びるスターだった。実力至上の世界とは言え、ドラフト上位入団選手はスタートから恵まれているのは事実だ。球団としても、ドラフト上位で獲得した選手が育たず活躍できずに終わるという事態はいろいろな意味で避けたいだろうから、その選手たちが一日も早く一軍選手として活躍できるように様々なサポートをする。ドラフト下位、あるいはテスト入団などのドラフト外で入った選手とは、初めから差がついているという見方もできる。陽平が他の選手から嫉妬され、イジメを受けたとしてもさほど不思議ではないのかもしれない。

「その先輩、いろいろ不運なことが重なって万年二軍暮らしで、そろそろ戦力外になるんじゃないかとか噂されてたりして、イライラしてたんでしょうね。実際、俺も怪我して来年どうなるかわからない境遇になってみてようやく、あの頃のその人の気持ちも少し理解できるんです。でもうちのチームはほんとにみんな仲良くて、俺も入団してすぐ先輩たちに馴染めたし、いいチームに入ったな、って思ってたから、なおさらその先輩のやりようがアタマに来たんですよね。春子さんも知っての通り、球界ってのは基本的には縦社会で、一年でも先輩、一歳でも年上の人に対しては逆らうことはゆるされません。とは言っても高校生じゃない、プロですからね、そんな理不尽なイジメなんかする人は少ないと思うんです。そんなことやってる暇があったら練習して一軍に上がらないとプロ生活が終わっちゃいますから。でもその先輩は、そういう理屈とか常識とか忘れちゃうくらい、俺のことが気にくわなかったらしいんですよ。まあ俺も、態度でかいほうかもしれないし、バカだから敬語とかちゃんとつかえないし、悪いとこはあったと思います。でも、どうしてもゆるせないこともあって。あ、細かいことは省きます、イジメの内容なんか聞いても春子さんが気分悪くなるだけだから。とにかく俺、キレちゃったんです。それで殴り合いになって。まだ寮にいた頃のことです。その時、間に割って入ってくれたのが拓さんだったんです。でも拓さん、ただ仲裁したんじゃないんですよ。なんと、俺じゃなくてその先輩の代わりに俺と殴り合うって言い出したんです。それも、俺は投手で手を怪我したらプロ生命にかかわるから、バット使えって。バットで殴りかかれって、俺にバットほうってよこしたんです。で、拓さん、その代わり自分はこれつけるからって、マスクとプロテクターつけて、キャッチャースタイルになって。いやマジですよ、マジでその格好で仲裁に入ったんですよ。他の選手が遠巻きに見物してるとこで、です。そんなん、無理じゃないですか。野球の用具使って喧嘩するなんて、いくら俺がバカでもできません。俺だって野球が好きで好きで、野球やれるんなら他のことはいくらでも犠牲にする気で生きてるんです。で、野球の用具で喧嘩なんかできません、って言った。そしたら拓さんが言ったんです。用具を身に付けていようがいまいが、俺たちはプロ野球の選手だ。何千人もの野球少年たちの憧れであり目標でもある存在だ。用具を使わなければくだらない喧嘩で殴り合ってもいい、程度に考えてるなら、今すぐ荷物まとめて寮を出て引退届出せ、って。どうしても喧嘩がしたいなら、大事なバットをへし折ってでも相手を殴れ、野球よりちっぽけなプライドや怒りのほうが大切だと思うなら、そのくらいの覚悟で喧嘩しろ、って。もちろん俺の胸にもどしんと響きました。でも拓さん、ほんとは俺じゃなくて先輩のほうに聞かせたくてそんなこと言ったんですよね。自分より年上の人に意見なんかできない、でも拓さんはその先輩がやってるセコい、卑怯な真似をみんな知っててなんとかしようと思ってて、ブチキレた俺に説教するふりして、その先輩に懇願してたんです。お願いですからくだらないイジメなんかやめてください、プロ野球人としての誇りを思い出してくださいって。俺、なんかすごく恥ずかしくなりました。それと同時に、自分がもう学生じゃない、それどころか一般人でもないんだ、って身に染みました。誰も見ていなくても天は見てます。私生活でもプロ野球選手なんだって自覚や誇りをないがしろにしたら、その報いは必ず野球選手としての自分に返って来る。俺は先輩と拓さんに頭を下げて自室に戻りました。結局、寮内で殴り合いの喧嘩したことが寮長の耳に入って、俺と先輩は外出禁止二週間のペナルティ喰らったんですけど、それ以降、先輩は俺にかまわなくなったんです。口はきいてくれなかったけど、イジメもなくなりました。俺は夏頃に一軍登録されて、以来ほとんど一軍生活だったんで、その先輩と顔を合わせることもあまりなくなったんですけどね、一軍はナイター中心で、二軍とは生活時間帯がズレるから。秋になって、その先輩は戦力外通告受けて退団、引退して故郷に帰りました。今はどうしてるのか知りません。あの時拓さんが、マスクとプロテクターつけて喧嘩の仲裁に入るなんてことしてくれたおかげで、俺、自分がプロの選手なんだっていう自覚が持てて、責任感みたいなものが心に生まれました。もしあの時感情に任せて先輩を殴り倒していたら、一時の鬱憤は晴れても自己嫌悪で長く苦しむことになったろうし、もしかすると大事な手を怪我していたかもしれない。それに、一軍選手になってうかれてハメを外したり、勘違いして偉そうにしたり、恥ずかしい人間になり下っていたと思います。だから拓さんは、俺の人生の恩人なんですよ」

春子は、誇らしさで胸がいっぱいになった。

わたしの拓郎。拓ちゃん。

「だからお願いです、春子さんからも拓さんに、俺たちの披露宴で司会やってくれるよう、頼んでみてくれませんか」

「……わかりました。でも、わたしが頼んでもたぶん、嫌だって言うと思いますけど」

「拓さんが司会してくれないなら披露宴やめる、俺がそうダダこねてたって伝えてくださ い。そしたらきっと拓さん、何馬鹿なこと言ってんだって俺を怒鳴りつけるだろうから、その時拓さんにすがって泣いて頼んでみます」

　春子は笑った。

「川田さんが泣いたら、あの人も承知しないわけにいかないですね。とにかくわたしからも頼んでみますね」

「すみません、恩に着ます」

「あの、それとは関係ないんですけれど、ひとつ質問してもいいでしょうか」

「なんですか。なんでも訊いてください」

「例の、無表情で野球に興味がないみたいに見える女性のことなんですけど。その人、他の球場での試合にも来ていらっしゃいます？」

「え、ああ……どうだったかな。いや、来てないと思いますよ。俺らの間でも、うちの練習場の観客席が気に入ってるのかな、なんて話、出てましたから」

「あのマリンブルーズの練習球場の試合にも、いらしてないですよね？」

「マリンブルーズの二軍球場って、隣り町でしたね。ええ、来てないと思います。あの人が現れるのはうちの二軍球場だけですよ」

電話を切ってから、春子は少しの間、頭の中を整理する為にダイニングの椅子に座って考えた。それからリビングに移動して、撮り溜めた試合の録画を保存してあるブルーレイ・ディスクのファイルを開いた。見開き四枚のディスクがファイルされ、一冊に三十二試合分の録画が入れてある。イースタン・リーグの公式戦は全部で百八試合、うち五十四試合がホーム開催で、その分はあおぞらテレビが中継してくれる。それ以外の試合はテレビ放映されるものもあればされないものもあり、あおぞらテレビのような地元ケーブル局のみの放送分は録画できないので、公式戦で録画できるのは七十試合前後といったところだろうか。せっかく録画しても拓郎が出場しなければディスクに保存しないので、結果ファイルに残るのは三十試合前後、一冊で一シーズン分に足りるくらいだ。

あおぞらテレビでの試合中継は昨年からスタートしたが、その前は試合の中継がなかったので、ビジターの試合でテレビ放映があり、かつ、録画できたものはごく少ない。

でも、そんなに前のものは関係なさそうね。

春子はとりあえず、いちばん最近の録画を再生した。三倍速の早送りで確認し、一枚ずつディスクで今シーズンをさかのぼる。時折メモを取りながらほぼ一年分をさかのぼったところで、チャイムの音がした。

「ただいまー」

　拓郎の元気な声がする。

「お、コンソメっぽい匂いがする。ロールキャベツ、作ってくれたんだ」

「お帰りなさい」

　春子は拓郎を出迎えた。

「あのね、わたし、判った気がするの」

「判ったって、何が？」

「あの、無表情な観客の女性のこと」

「え、あの人と知り合いだったの？」

「ううん」

「じゃあ友達の友達だったとか」

「ぜんぜん。まったく知らない人だと思うわ……顔も確認したけれど」

「顔も、って……」

「映っていたの。あおぞらテレビの中継録画に」

「ああ、そうか。三塁側の観客席だと、打者がバッターボックスに立つたびに映るね。試合中の中継カメラ、一塁側の選手席の上で撮ってるんだもんな。あとは二階のスタンドにも中継カメラあるけど、バックネット裏だから、グラウンド全体は映るけど観客席は映らない」

「テレビに映ろうと思ったら、三塁側のいちばん前に座るのがもっとも可能性が高い、ということよね？」

「まあそうなるかな。じゃあ、あの人、テレビに映りたくてあそこに毎試合座ってるわけ？」

「映りたくて、というよりも、映る必要があったから。シャワー先にする？」

「いや、寮でシャワー浴びて来たから、すぐご飯食べたい」

「はーい」

　春子は手早くロールキャベツを温め、食卓の用意を整えた。拓郎はあまり酒に強くなく、量も飲まない。自宅では、食事の前に発泡酒を一缶だけ、春子が漬けたぬか漬けか白菜漬けをつまみに飲む。せめて晩酌用のビールくらいはちゃんとした、いいビールを出してあげたいのだが、拓郎が自分で決めているらしい。一軍登録されて公式戦で一打点あげるまでは、晩酌は発泡酒、と。なので春子も、拓郎には内緒で自分に制約を課した。拓郎が晩酌にちょっと高級なビールを飲める日が来るまでは、大好物のレアチーズケーキを食べない、と。

メインはロールキャベツだが、それだけではたんぱく質が足りないので、鶏の胸肉を蒸して棒棒鶏。カジキのお刺身。何種類かの豆を塩漬けの豚肉とトマトで煮込んだ豆のチリは拓郎が好きな常備菜。ほうれん草は柚子風味のおひたしにして、小松菜と卵を中華ふうに炒めた。根菜をたっぷり入れたがめ煮は、拓郎のお母さんが九州出身で、結婚して最初に教えていただいた料理だ。もちろん拓郎の好物で、がめ煮が食卓に出ていないとがっかりした顔になるので、数日おきに作って常備菜にしている。ご飯は発芽玄米を混ぜて炊いた。いつも食卓には雑多なメニューが並ぶ。予算をかけずに栄養素を整え、カロリー過多にならず、満腹になって貰えるように。

拓郎は子供のように夢中で食べる。時々口の端から野菜の切れ端がのぞいていたり、まだ口に食べ物が入っているのにさらに頬ばってしまったり、お行儀の良くないところも少しあるけれど、春子は拓郎が食事をしているのを見ているのがとても好きだ。結婚した当初は苦手だと言っていた緑色の野菜も、この頃は残さずに食べてくれるようになった。他にはこれと言った好き嫌いもアレルギーもないので、作る側としては楽なほうだと思う。そして、いつも食欲旺盛、食べ終わると笑顔で、あー美味しかったぁ、ごちそうさまー、と言ってくれる。それだけでも、拓郎を育てたお義母さんを尊敬する気持ちになる。食べることが好き、食事の時はいつも笑顔、出されたものは残さずに食べ、味や献立に無闇に文句をつけず、食べ終わった時には作り手に感謝してくれる。拓郎は、温かで良い躾を受けて育っている。ほんの少しの行儀の悪さなど、本質的な誠実さと比較すればまったく問題ではない。

食事をしている時、春子はいつも思うのだ。拓郎と結婚できて、自分は幸運だ、と。

「それでさ、映る必要があった、ってどういう意味?」

食後の果物を楊枝に刺して、拓郎が訊いた。春子は自分が考えたことを説明した。拓郎は、注意深く耳を傾けてくれた。

「なるほど、おハルの推理、間違ってないような気がする。それだと説明がつくな。でもひとつだけ。二軍のホーム試合のチケットは基本的に当日売りのみだよ。まあ売りきれることはないと思うけど、彼女は毎回、朝早くから並んで三塁側のあの席を確保していることになるよね。でも問題の席のチケットも毎回その時に買っているんだろうか。おハルの推理が正しいとして、仮に野球にそれほどの興味はない人が、何月何日の何時に球場に来てくれたらチケット渡しますからどうぞ、なんて誘われて、いそいそと行くかな? 有名な芸能人がゲストで来るとかならともかく、二軍の試合だよ。いくら地元だからって」

「……それはそうね……」

「その推理が当たっているとしたら、連中はどうしても問題の席にターゲットを呼び寄せる必要がある。不確実なことはできない」

拓郎は、ニヤッとした。

「だから、確実な方法を選ぶはずだ。そして一つだけ、確実な方法がある。当日売りではない、前売りのチケットを使うことだ」

「そんなもの、あるの？」

拓郎は電話台の引き出しからメモ用紙とボールペンを取り出した。

「ここが三塁側の最前列の、例の女がいつも座るあたり。そして、ちょうどこの向かい側、一塁側のこのへんにあるのが、ピクニックテーブル席」

「ピクニックテーブル席！」

「うん、うちの二軍ホーム試合の名物席だ。テーブルがあって、弁当とか広げてゆったり食事しながら試合が見られる。この席だけは当日売りではなく、前売りで販売されている。テーブルは六つ、各テーブルには五人まで座れるから合計三十席。でもばら売りはしないから、この席の購入者は最大でも六名だ。インターネットのみ、球団公式サイトのチケット販売でしか取り扱ってない。決済はクレジットのみ」

「ということは、調べれば購入者が判る！」

「警察じゃないとクレジットカード番号から個人情報は得られないけど、おハルの推理は警察に話す価値があると思う」

「でも警察に知り合いなんて」

「その点は大丈夫」

拓郎は立ち上がって、充電器から携帯電話をはずした。

4

「こんにちは」

球団広報の吉井《よしい》賢一《けんいち》、愛称はヨシケンさん。球団公式Twitterの「中の人」としても活躍中で、その軽妙でいてどこか心温まる「呟き」にファンが多く、フォロワー数はなんと二万以上。他球団のファンや野球には興味のない人たちまで公式アカウントをフォローしてくれているらしい。

公表はしていないが、三十八歳二児のパパ、なぜか拓郎とはウマが合うのか、時々食事など一緒にしているようだ。春子と拓郎のマンションにも、二度ほど遊びに来てくれたことがある。

「今日はわざわざ、ありがとうございます」

「いやいやとんでもない、こちらこそ、春子さんの推理が正しければ、大手柄ですよ。球団としても春子さんにお礼がしたいくらいです」

「……正しいかどうか、わかりません」

「そうですね、でも僕も拓さんから電話貰ってその説を聞いた時、それだ！　と思いました。無表情な女性観客の噂は耳にしていましたから」

　吉井は春子の隣りの席に腰をおろした。三塁側の客席のいちばん上、観客席から外に出るにはどうしても通らなくてはならない入り口のすぐそばだ。

　二軍練習場の観客席は、一軍のホーム球場のような大きなものではなかった。最上段の最後列から最前列まで、列数は十七しかない。問題の女性はまだ現れない。試合開始まであと十分。

　吉井が手渡してくれた双眼鏡でのぞくと、反対側、一塁側のピクニックテーブル席はすでに観客で埋まっていた。

「さっき、抽選で選手のサイン色紙が当たるアンケートと称して、ピクニックテーブル席にいる人達がどうやって今日の席を手に入れたか調べたんです。六テーブルのうち、五テーブルまでは自分たちでネットから購入していました。残りの一つ、あの、前のテーブルの真ん中だけが、チケットは知り合いから貰った、と言ってます。彼らが奴らのターゲットのようです。サイン色紙が当選したので後日郵送します、ということで住所が判りました。すでに警察が向かっているはずです」

「ヨシケンさんが、青空警察刑事課課長の息子さんだったなんて驚きました」

「秘密なんですよ」

吉井が口に人さし指を当てた。

「拓さんしか知らないんじゃないかな。親父の職業のことでいい思いをした経験はほとんどないですからね、むしろ、何かやるたびに警察官の息子のくせに、と言われてました」

「でも最終戦のあとで、チャリティ試合が残っていて良かったですね」

「ええ、もしもう試合がないとなると、奴らを捕まえるチャンスがなくなりますからね」

千葉マリンブルーズとのチャリティ試合は、地元青空市と、マリンブルーズの二軍練習場がある隣りの古宮市《こみやし》がスポンサーとなって毎年行われているが、日程は年によって変る。今年はたまたま、最終戦のあとに設定されていた。この試合、拓郎はスタメンらしい。今朝出かけて行く時からとても嬉しそうだった。

すでに第一次戦力外通告は出され、拓郎の首は繋がった。けれどまだ、第二次の発表がある予定だし、宮崎で行われている教育リーグにはまだ招集されていない。今日のチャリティ試合に出場予定だったので招集されていないのだ、と拓郎は言っているけれど……秋季キャンプのメンバーにも入れるのかどうか。居残り組になっても毎日練習場には行くことになるけれど、練習相手は中堅、ベテランクラスの人達か、怪我をしてリハビリ中の選手ばかり。何より、球団が期待する若手、というくくりから漏れてしまうことになる。

吉井が春子の腕を軽く叩いた。通路に一人の女性が現れた。紫外線対策なのか全身黒ずくめの服につばの広い黒い帽子、サングラスまでかけている。そして、赤いスカーフ！　話に聞いてた通りだ。スタイルはなかなかいいけれど、春子の真横を通る時に強い香水の匂いがした。クラシカルで春子の好みからすると甘過ぎる、古めかしい印象の香水だ。

「……彼女です」

吉井が囁き、春子はうなずいた。

試合が始まっても黒服の女性は微動だにせず、ただ座っている。が、よく見れば時々小さなオペラグラスを手にしていた。何を見ているのかはわからないが、レンズは一塁側に向けられている。

「……奴らが捕まったら、僕の携帯にも連絡貰えるように頼んでおきました」

吉井がまた囁いた。

一時間ほどは何事もなく過ぎた。拓郎はスタメン出場だったので、打席も二回まわって来たし、守りの回もマスクにプロテクター姿の拓郎をずっと見ていられる。正直、黒い服の女性のことはもうどうでもいい、試合のほうが大事だ。吉井も夢中になって声援をおくり、野次まで飛ばしていた。顔は知られていないとは言え、球団職員が野次っていたなどと知られたら顰蹙を買うに違いない。勝敗は二の次のチャリティ試合とは言え、勝負事は勝たなくては面白くない。いつの間にか黒い服の女性のことは忘れて試合を楽しんでいた。が、吉井が不意に胸ポケットから携帯を出した。着信を知らせる振動があったのだろう、春子に目配せして席を立ち、通路に出る。

春子の心臓がトクトクと音を大きくした。吉井はすぐに戻って来た。

「……逮捕したようです」

春子は思わず黒い服の女の背中を凝視した。女が事態に気づいて逃げ出す前に、お願い、警察が来て。

黒い服の女が立ち上がる。

「逃げちゃいます」

春子が囁く。

「なんとかしよう。理由はあとで適当に作ればいい、とにかくあの女を逃がさないようにしないと」

　吉井は立ち上がって前の方へとステップを降りて行く。逆に女は上って来た。二人が擦れ違いざま、吉井が女の腕を摑んだ。

「何するの、離して」

「申し訳ありません、ちょっとお伺いしたいことがあるのですが」

「どいて」

　女は吉井を突き飛ばすようにしてステップを駆け上がる。春子はとっさに足を出して、横を通り過ぎようとした女の足に引っかけた。

「きゃあっ」

　悲鳴と共に女が倒れる。吉井がすぐさま女に飛びついた。

「大丈夫ですか、お客様。救護室に行きましょう」

「ほっといて！」

　女が立ち上がろうとするのを吉井が無理に抱きかかえた。

「何するのよ、離して、離しなさい！　変態、ちょっと誰か、こいつ変態よ！」

　女が暴れて吉井をまた突き飛ばした。だがそのまま逃げようとした女の前に、スーツ姿の男たちが三人、立ちふさがった。

「ちょっとなんなのよ！　あんたたちみんな変態、この球団は変態だらけよ！」

男の一人が、ゆっくりと警察手帳を開いた。

「すみませんが、ご同行願えませんか」

女は硬直したかのように動きを止めた。

＊

「ホームラン、おめでとう！」

春子はコップに注いだ発泡酒で乾杯した。

「カッコよかった！」

「おハル、ちゃんと観てた？　窃盗団騒動でおハルがあの女にタックルしたって噂、聞いたよ」

「タックルなんかしてません。ただちょっと」

「ちょっと、なに」

「……逃げちゃうと思ったから、足をね……」

「転ばしたのか。やるじゃん、おハル」

「必死だったから。でもやっぱり、暴力は駄目ね」

「足かけて転ばすのも暴力になるのかな」

「それはなるわよ。だってあのひと、そのせいで怪我したかもしれないんだもの」

「自業自得だろ。俺たちのチームの試合を窃盗に利用するなんて、ゆるせないよ。でもおハルの推理、ほぼ当たってたみたいだね。あの無表情な女性が窃盗団の一味だってこと、どうして気づいたの」

「いろいろな細かい情報を合わせてみたら、なんとなく形になってしまったの。最初は、このマンションの西田さんがのど自慢に出たいっておっしゃって」

「西田さん？」

「西田登美子さん。ほら、ひとり暮らしの」

「ああ、おハルたちが料理作って届けてる」

　春子はうなずいた。

「西田さんが、青空四丁目の空き巣被害のことを話していたの。その空き巣被害の被害額が何百万円にもなったとかで、それまで空き巣って、箪笥に入れてあったへそくりとか、新しいノートパソコンとか、その程度のものを盗んでいくイメージだったんで、何百万円、という被害額にちょっと驚いたの。そのあと、あおぞらテレビまで申し込みに行ったら、オレオレ詐欺に用心してください、っていうチラシが入ってたでしょう」

「ああ、あれか」

「それで下の階の山下さんのところにかかって来た、オレオレ詐欺の電話を思い出した。すごい熱演で危うく騙されそうになった、あの話。この町にもそういう犯罪、けっこうあるんだな、って。それから買い物で商店街に行ったら知ってる人に会って、買い物ついでにたい焼き食べちゃった」

「あ、あの自転車置き場の前の？　あれ旨そうだなあ。今度買って来てよ」

「いいけど、たい焼きは冷めると美味しくないわよ。あ、でも、オーブントースターで焼いたらいいかも」

「おハルだけ食べてるのずるいぞ」

「はーい。今度買って来ます。で、たい焼き食べながらリフォーム詐欺の話になったのね」

「リフォーム詐欺……あ、お宅の床下にシロアリがいますよ、みたいな？」

「それは害虫駆除詐欺。でもまあ、似たようなものかな。リフォーム詐欺は、壊れてもいないところを壊れてるって騙して高額のリフォーム契約結ばせる詐欺だけど、家の人が目を離した隙にわざと壊したりもするらしいから。害虫駆除詐欺は、ゴキブリやシロアリを持ち込んで放して、害虫がいますよ、って脅して駆除させて、法外な料金請求するんだものね。他にもガスメーターの点検に来ました、って言いながらこっそりメーターを壊しておいて、直しました、ってやっぱりすごく高い料金を請求するとか、いろいろあるみたいね。で、リフォーム詐欺に遭った被害者の人が、お金も盗まれたって言ってるって話になったの。その被害者は現金で七百万円も家の中に置いていたんですって。で、リフォーム屋が帰ったらそのお金が消えていた」

「七百万は大事件じゃないか」

「ええ、でも、本当にそんな大金があった、って証明ができなかったみたい。その人は家族にも誰にもそのお金のことを話していなくて、だから本当に窃盗事件なのかどうか確かめられなかった。結局、その詐欺だか窃盗だかの犯人たちは捕まってないしお金も戻らなかったみたいなの。でね、なんか多くない？　って思ったの。たいして広くもない地域なのに、高額被害の空き巣だのオレオレだのリフォーム詐欺だの、窃盗だの。市役所がテレビ局でチラシ配るくらい事件が多発しているなんて」

「まあでも、今は日本中どこでもそうなんじゃない？」

「そうかもしれない。でも、もしかするとこの青空市に、犯罪集団がいるんじゃないか、って考えたの。ここは市町村合併で小さな自治体が集まって青空市になったけど、以前から住んでいる人たちは古い市町村単位でコミュニティができてしまっているから、同じ市に住んでいても別のコミュニティの人達とはあまり交わらない。そして駅前のタワーマンションみたいな新しいマンションや住宅地が増えて、見知らぬ人達がたくさん入って来た。顔を知らない人が住宅地の中やマンションの中を歩いていても、それを咎めることができにくくなっている。それでいて、まだ町の雰囲気としてはどこかのんびりしていて田舎の鷹揚さがあるでしょう」

「もともとは農家ばっかりだったところにマンションぼこぼこ建ててるから、まあそういう半端な町にはなっちゃってるかもな」

「詐欺や窃盗を行うには、やりやすい町なのかもしれない。そう考えた時、ふと思ったの。窃盗団はどうやって、その家が長時間留守にすることを知るんだろう、って。四丁目の空き巣被害は、家族で外出していた時を狙われた。外出するかどうかは玄関を見張っていればわかるでしょう。でも、いつ帰って来るのかはどうしてわかるの？　四丁目の一戸建てなら当然、セキュリティは堅かったはず。それらを解除して、家に侵入して、目当てのものを探して逃げるのにどのくらいかかるか知らないけれど、家族がすぐに帰って来てしまったら騒動になる。ちょっとへそくりや家財道具を失敬する程度の空き巣なら、十分くらい物色して獲物がなければ逃げるんでしょうけれど、何百万もの獲物を狙うなら手ぶらで逃げるわけにはいかない。まずはそれだけの金目のものが家の中にある、という情報を手にするだけでも人手や費用がかかっているはず。決行した以上はぜったいに成功させないと。だとしたら……逆じゃないか、って思ったの」

「逆……」

「ええ。住人が留守になるのを待って空き巣に入ったんじゃなくて、住人を家から誘い出してどこかに釘付けにしておいて、盗みに入ったんじゃないか、って。その時、やっと、無表情な観客のことを思い出したの。試合が行われている球場に来て、野球を観ていない人。だったらその人は何を見ていたのかしら。何を監視していたのかしら」

「つまり、狙った家の住人たちが、あの女の真正面に座っていた、ってことだね」

「三塁側からよく見えるのは一塁側。そこに空き巣に入る予定の家の人達を呼び寄せて座らせておくことができたら監視は簡単。でも拓ちゃんが指摘してくれたわね、チケットの問題。わたし、チケットを売ってる人がグルなんじゃないかって考えてたんだけど……拓ちゃんにピクニックシートのこと教えて貰わなかったら、危うく無関係な人にぬれぎぬを着せるところだった。駄目ね、選手の家族なのに、ピクニックシートのことも知らなかったなんて」

　春子は自分の拳で、こつん、と頭を叩いた。

「それはしょうがないよ、選手の家族は関係者席で観られるから、自分でチケット買う必要ないもんな」

「わたし、買うわ。今度から拓ちゃんが出る試合を観る時は、チケット自分で買います」

「別にそんなことしなくても」

「ううん、縁起を担ぎたいの。吉井さんに用意していただいたとはいえ、家族席以外の席で観戦したら拓ちゃんがホームラン打って活躍したんだもの、これからはずっと、一人のファンとして拓ちゃんが出る試合を観に行く、って決めました」

拓郎は笑顔で、春子の頭を撫でた。

「ありがとう。でも俺、春子が観に来てくれるんだったら、春子がどこに座ってたって活躍するよ。それにしても、けっこう大きな組織だったみたいだな、逮捕された連中」

「青空市くらいの大都市近郊の地域をターゲットにして、集中的に荒稼ぎしてさっと別の地域に移動する、プロ集団だった、って新聞に書いてあった」

「でも携帯電話を使わずに、球場のカメラを利用して連絡するなんて、ちょっと驚くよな」

「あおぞらテレビは青空市で暮らしている人なら無料で観られるから、ほとんどの家がケーブルテレビの契約をしている。盗みに入った家でもテレビさえつければ、試合の中継が観られるでしょう」

「二軍の試合中継は一軍のみたいに何台ものテレビカメラが入っていろんなアングルで映すわけじゃないからな。カメラは二台しか使わないから、基本、打者が打席にいる間は三塁側のあの席は映りっぱなしだ。確かに、あそこの席は、ピクニックシートの見張りと仲間への連絡を同時にできる特等席だ」

「たぶん、見張っている人達が何かの都合で試合途中で帰るそぶりを見せたら、あの人も席を立つ段取りだったんじゃないかしら。画面から彼女が消えたら、住人が戻って来るまで時間がないぞ、っていう合図として」

「携帯電話を使わなかったのは、通話履歴が残るからだな。実際、あの女は自分には無関係だと言い張ってるみたいで、起訴できるかどうか微妙らしいよ」

「誰かが逮捕されても、他の仲間に波及しないようにいろいろ工夫しているんでしょうね……」

「リフォーム詐欺兼七百万の窃盗も、今度逮捕された連中の仕業なのかな」

「そうじゃないかと思うけど、自供はしないでしょうね。今回の被害者、というか被害未遂のお宅にも、現金があったのかしら」

「ヨシケンの話だと、狙いは金貨だったらしい」

「金貨？　日本で？」

「金貨でも金歯でも、金は金だろ。地金と同じで金として売り買いはできるんだよ。その上コレクターズアイテムでもあるから、集めてる人はけっこういるらしいよ。でも普通は銀行の貸金庫とかに保管しておくんだろうけど、そこのご主人は友人にコレクションを自慢するのが好きで、自宅の家庭用金庫に保管してあったんだって。もし盗まれていたら、被害額は二千万くらいになったんじゃないか、ってヨシケンが言ってた」

「……それだけの額になるなら、プロの窃盗団が狙うのもわかるわ」

「しかし常習犯だってことが証明できないと、今回の事件だけでは厳罰は無理かもしれない。何しろ被害額はゼロ、逮捕理由は住居不法侵入だもんな」

「わたし……余計なことしたのかしら」

「とんでもない」

　拓郎は笑った。

「おハルはうちの二軍を救ってくれたんだよ。もしあのまま窃盗団がうちの試合を利用し続けて結果それが世間に知られていたら、うちの二軍が世間からバッシングされる可能性もあった。今はどんなことだってバッシングの種になるからな。あの女は一ヶ月くらい前からあそこに座り始めたんだけど、テストを兼ねていたんだろうね、実際に犯罪に利用されたのは三回ほど、しかも前の二回は奴らの得ていた情報に誤りがあったようで、現金を少し盗まれた程度のことだったらしいよ。それすらまだ自供は得られてないようだし、まあ他の犯罪で稼いでいたのかもしれないけど、とにかくうちの二軍練習場が悪用された中では、たいした被害は出ていない」

「わたしのことは名前が出たりしないようにお願いしてね」

「もちろん。ヨシケンとその点はしっかり話し合った。おハルのことはぜったい、世間には漏れない。今度のことはあくまで、球団の人間が気づいて警察に相談した、ってことになってる」

春子はホッとした。

「それよりおハル」

拓郎がニヤニヤしている。

「さっきマネージャーから電話あった。明日から宮崎だから、準備よろしく」

「……ほんと？　ほんとに？」

拓郎がうなずく。春子は思わず拓郎に飛びついた。

「わあ、おめでとう！」

「おめでとうって、教育リーグに呼ばれただけだぞ」

「でも……」

　春子は思わず涙ぐんだ。

「この程度のことで奥さんが泣き出すなんて、俺、情けないな」

「拓ちゃん……」

「ほんと苦労かけて心配かけてごめん。俺、死ぬ気で頑張るから。それと、コーチから言われたんだけど、秋季キャンプにも呼ばれると思う」

　春子は拓郎を抱きしめた。

「三週間、留守になっちゃうけど、大丈夫？」

「……大丈夫。わたしも頑張る」

「頑張るって、何をだよ」

　拓郎は笑いながら腕に力をこめた。

「俺がいない時くらい、サボれよ。家事とかしなくていいよ」

「寂しくても泣かないで頑張ります、ってこと」

　春子は笑った。

「あ、そうだ。陽平からメールあってさ、おハルに、面倒なことお願いしてすみません、って伝えてくれって書いてあったんだけど、何のこと？」

ああ、ごめんなさい川田さん。すっかり忘れていました。


「たいしたことじゃないの。……あのね、拓ちゃん」

「なに？」

「スーツ、作ろう」

「作るって？」

「スーツ。オーダーメイドは無理でも、せめてセミオーダーで。だって拓ちゃん、胸と腰が大きくて肩が盛り上がってて、太腿も太いでしょう。吊るしだとサイズが合わないじゃない」

「いつも大きめ買って詰めて貰ってるじゃん。それでいいよ」

「だめ。かっこいいスーツ姿の拓ちゃんが見たいの。礼服も持ってないでしょう」

「誰かに借りればいいよ、礼服なんて」

「お願い、わたしね、スーツでばっちり決めた拓ちゃんがどうしても、見たい」

「変なやつだな」

拓郎は笑った。

「おハルがそう言うならいいけど、いいのか、無駄遣いして」

「無駄じゃないもの。大丈夫、しっかり節約してるから、そのくらいは余裕ある。ああ楽しみ。拓ちゃん、きちんとからだに合ったスーツ着たら、きっとすごく似合うわ」

「球団が支給してくれてる移動用のスーツ、あれ寸法測ってちゃんと作ったんだぜ。あれ一着あれば足りるけどなあ。スーツなんて着てくとこないよ。礼服なんて葬式の時だけじゃん」


ううん、結婚式にも着るもん。

春子は、そっと拓郎の胸に顔を埋めた。拓郎が髪を撫でてくれる。とても気持ちがいい。

大丈夫です川田さん、拓ちゃんのこと、なんとか説得しますから。まずは外堀から埋めますね。

春子の脳裏に、現役女子アナの横に突っ立って冷や汗をかいている拓郎の、困った顔が浮かんで来た。でも拓郎は、必死に笑顔になろうと頑張るのだ、きっと。そしてそんな拓郎のそばで、川田陽平は心からの笑顔になり、幸せになる。

それは、拓郎にしかできない、魔法。

そしてもうひとつ、拓郎が得意の魔法がこれ。そっとわたしの髪を撫でてくれる拓郎の掌には、わたしの心をゆっくりととろけさせる不思議な力がある。

春子は目を閉じて、体重をちょっと拓郎に預けた。

「うーん」

拓郎が言って、それからいきなり、春子を「お姫さまだっこ」した。

「ちょっと拓ちゃん」

「いいじゃん。このまま持ってっていい？」

「だめ、えっと、シャワーとか浴びたい……」

「俺、寮であびて来たもん」

「わたし浴びてない……」

「じゃあ浴びよう」

拓郎が春子を抱えたまま歩き出す。

「ちょっと待って、無理だってば、狭いんだからお風呂場！」

「狭くてもいい。明日から宮崎に二週間、戻って来て三日経ったら今度は秋季キャンプインで三週間も逢えないいんだから」

「だって」

春子は拓郎の首に腕をまわした。拓郎が春子を抱いた腕を引き寄せる。すごい力。やっぱり力持ちだなあ、拓ちゃん。

拓郎の唇が春子のそれと、重なった。

有季さんと、消える魔球の冒険

1

テラスに出て空を見上げると、どんよりと重たい灰色だった。空がとても低く感じる。指先を伸ばすと届きそうだ。

もしかしたら、初雪が降るかも。そう言えば今朝の天気予報でも、午後から雪が降るかもしれないとか言ってたっけ。

十一月のファン感謝デーが終わると、納会と呼ばれている一年の締めくくりのパーティがあってシーズンが終わる。プロ野球選手が球団の管理下に置かれるのは毎年二月朔日から十一月三十日まで。十二月と一月は、俗に呼ばれている「オフ」という状態になる。もちろん所属球団の一員であることに変りはないのだが、オフシーズンの間は年俸の支払いもなくなり、練習や球団行事への参加も義務ではなくなる。もともと支配下登録選手、というのは社員ではないので、オフの間は言わば契約外期間ということになる。人気選手はテレビのスポーツバラエティに呼ばれたり、トークショーを開催したり、少年野球の臨時コーチに呼ばれたりと、いろいろ仕事をこなしているが、拓郎のような一軍半の選手にはそうした仕事はまず来ない。

先日結婚披露宴を行った川田陽平などは、年俸と同額程度のスポンサー収入やCM契約収入があるらしい。披露宴で紹介して貰ったアスリート専門のプロダクション社長は、ぜひ園田さんもうちに、とか調子のいいことを言っていたけれど、一軍の試合に出たことがない選手にCMの話なんか来るわけがない。

でも……拓ちゃん、意外と上手だったな、司会。

セミオーダーメイドで作ったスーツはからだにぴったり合っていたけれど、お世辞にも似合っているとは言えなかったかも。もともと野球選手は体型が特殊な人が多いので、似合う服があまりない。身長の割に体重が重いのは筋肉量が多く骨も太いからで、結果、瘦せて見える人でも首や腰回りなどが標準よりだいぶ太く、太腿なども既製服では入らないくらい太い。ましてや拓郎は捕手なので、がっちりと横に張った体格でしかも若干ガニマタだ。どんなにきちんと作られたスーツでも、貸衣装のようにちぐはぐな印象になってしまうのは仕方がない。それでも、マイクを握って懸命に自分の役割をこなそうとしている拓郎は、その誠実さが全身から溢れ出ていて、横に並んでいた顔の小さな美人現役女子アナウンサーがそつがなさ過ぎてビジネスライクな印象だった分、好感度は高かったようだ。

オフになると、シーズン中に痛めたからだのメンテナンスが最重要課題となるが、幸い拓郎は特に故障もせずにシーズンを終えることができた。疲労もさほど感じていないのか、十二月に入るや否や自主トレーニングを開始、朝早くから練習場に出かけている。午後はチームのトレーナーから紹介されたトレーニングジムに行って、ひたすら体幹を鍛えているらしい。説明されても詳しいことはよくわからなかったが、拓郎のバッティング成績がいまひとつ伸びないのは、体幹が弱くて軸がぶれやすく、体勢を崩された状態でもヒットにできる粘りが出ないこと、らしい。

何にしても、課題が見つかって良かった、と思う。オフシーズンの自主トレは、翌年の成績に直結する。来年こそは、一軍の球場でバッターボックスに立つ拓郎が見たい。プレッシャーになるといけないのでそういうことは口には出さないけれど、春子だって拓郎が活躍して有名選手になれるといいなあ、という夢は持っていた。

オフの間はジムの更衣室で食べるから、と、弁当をリクエストされた。シーズン中は寮で食事がとれるので問題ないのだが、オフになると、寮生活者でもないのに食堂に入るのが何となく気がひけるのだと言う。拓郎はそういうところ、ちょっと気が小さい、と春子はクスッとした。

「お弁当」を作るのは大好きだ。

春子の実家は商売をしていた。小さな洋品雑貨の店だったが、父と母だけで他に店員は雇っていなかったので、母は売り子として一日中店にいて、父は仕入れ先や納品先をまわるのに一日中車で移動していた。中学生になって給食がなくなり、弁当を持って行かなくてはならなくなった時、春子は迷わずに自分で作ることにした。最初はよく寝坊して、タイマーをかけて炊いたご飯と、冷蔵庫に入っている母が作り置きしてくれた常備菜やゆうべの晩ご飯の残りものを詰めるだけで精いっぱいだったが、そのうちにいろいろとコツをおぼえて毎日楽しんで作るようになった。ランチタイムに蓋を開けた時、自分が食べたいものが食べたいように並んでいるのを見て、ひとりニヤニヤ満足していた。が、そのうちに、母が自分の昼食はご飯に漬物程度で済ませていること、父は車が停められる店にしか入れないので、ラーメンばかり食べていることを知って、新たに決意し、三人分を作るようになった。小学生の時に入った少年野球チームで野球の面白さを知り、中学ではソフトボール部に所属していたので、部活のあとで友達と食べられるようにおにぎりやサンドイッチなども作って持参するようになった。そんな「お弁当」作りは、看護学校を卒業して病院勤務になってからも続き、おそらく一生続けていくものと思っていたのに、拓郎と結婚して出番がなくなってしまったのには、ちょっとがっかりしていたのだ。

オフになって拓郎のリクエストでの弁当作りが復活して、春子ははりきっている。作ったお弁当は、ようやく買い替えたばかりのスマートフォンで撮影し、インスタグラムにあげている。インスタグラムにはお弁当の画像がたくさん載っていて、春子が参考にしているのが「ＹＵＫＩ」さんの写真だ。食べ盛りの高校生用なのか、いつもがっつりと肉や魚などたんぱく質が入っていて、野菜も豊富、ご飯の量も多い。インスタグラムで人気なのは、見た目が美しく、野菜中心でカロリーが低そうな弁当の画像だが、朝から夕方まで運動しっぱなしの拓郎に持たせるには、ちまちました綺麗なお弁当では役に立たない。

　今日もＹＵＫＩさんは先に画像をあげている。ご飯の上に鶏のモモ肉を照焼き風に焼いたものを薄切りにして敷き詰めた、鶏丼弁当。モモ肉は一枚分くらいありそう。弁当箱が大きいので、ご飯の量もけっこうなものだろう。別容器に小松菜の胡麻和え、人参のシリシリ、大根の煮物などがぎっしり詰まっていて、素朴だけれど栄養満点、彩りはきれいで見ているだけで食欲が出て来る。やっぱりＹＵＫＩさんの料理センスは好きだ。

　春子はいつものように画像にコメントを付けた。

「今日のお弁当もすっごく美味しそうです！　今度真似して作ってもいいですか？　わたしの夫も鶏の照焼きは大好きなんです。ご飯の上にのせてしまったのがいいですね。照焼きのタレってご飯に合いますよね」

今日は、週三回通っているスポーツ栄養学基礎講座の受講日ではないし、ボランティアの夕飯宅配の当番でもない。こういう日は、普段ささっと済ませている室内の部分的大掃除がいい。そろそろ年末に向けて、細かいところの徹底掃除を少しずつ済ませていかないと。

うーん、と考えて、今日は洗面所に決めた。普段は洗面台をスポンジでこすって水気を拭いて、鏡を磨いておしまいにしているが、今日は洗面台下の収納スペースを掃除することにして、まずはごちゃごちゃとした物をすべて外に出した。洗剤や歯磨き粉などの予備、石鹸のストックなど、出した物の埃を払い、消費期限を確認する。

あれ、これ何かしら。見慣れない箱があったので開けてみた。中には、ビニール製の黄色いアヒルと石鹸、入浴剤が入っていた。あ、あれか。春子は思い出した。ちょうど一年前、選手会主催のゴルフ大会で拓郎が貰って来た景品だ。あとで箱から出してアヒルを湯船に浮かべてみようと思ったのに、とりあえず、としまい込んで忘れてしまっていた。箱からアヒルを取り出して眺める。可愛い。これ、使おうっと。

今年も選手会主催のゴルフ大会があったけれど、参加賞のハンドタオルは球団のマスコットキャラクターがデザインされた派手なもので、ちょっと使うのに勇気が必要だ。拓郎はゴルフがあまり上手ではなく、それほど好きでもないらしい。チームメイトの中にはオフになると暇さえあればレッスンに通っているゴルフ好きも少なくないらしいが。

洗面台下の掃除を終えて、這いつくばっていたので少し腰が痛くなった。五分休憩、と呟いてリビングに戻り、充電器からスマートフォンを取り上げる。スマホ中毒、みたいなことにならないよう気をつけているつもりだけれど、ついつい見てしまう。

インスタグラムにダイレクトメッセージが届いていた。

……YUKIさん⁉

「こんにちは。突然DMしてごめんなさい。いつもコメントありがとうございます。本橋《もとはし》有季《ゆき》といいます。あの、間違っていたらごめんなさい。もしかして、東京ホワイトシャークスの園田拓郎さんの奥様ではありませんか？　わたしの主人は、ホワイトシャークスにも在籍していたことがある、本橋滋《しげる》です。引退する直前は大阪レンジャーズにおりました。もし園田さんの奥様でいらっしゃいましたら、今度ぜひ、お茶でもしませんか？　夫の引退後、長年関西で暮らしていましたが、この春から埼玉県の青空市というところに転居しております。園田さんはホワイトシャークスの練習場のお近くにお住いだと夫から訊きました。練習場は青空市にありましたよね。それで、もしかするとご近所さんではないかしら、と思い、メッセージした次第です。もしわたしの勘違い、人違いでしたら本当にごめんなさい。その場合はこのメッセージは消去していただけると嬉しいです」

春子はあまりにも驚いてスマートフォンを取り落としそうになった。どうしてわかったの⁉　インスタグラムのプロフィール欄には、埼玉在住専業主婦、としか書いていないし、それ以外でもインターネットには余計なことは書き込まないよう注意していたのに。

そして……本橋滋！　プロ野球にはあまり詳しくない春子でもその名前は知っていた。ホワイトシャークスにも所属していた、というのは知らなかったけれど、大阪レンジャーズ出身で、スポーツ関係だけではなくバラエティなども含めて関西のテレビに多数出演し、レンジャーズ対ホワイトシャークスの試合ではテレビ解説も務めているマルチタレントだ。最近は俳優業にも進出しているようで、ＮＨＫの大河ドラマで戦国武将の役をしているのを見た記憶がある。そんな有名人の奥様、しかも野球選手の妻として先輩である人からメッセージ！

いやいや何より、青空市に引っ越し⁉

それにいちばん驚いた。青空市は市町村合併により誕生した新しい市で、面積はかなり広い。けれど中心部の駅は都心から私鉄の急行で四十分近くかかる。本橋さんのようにテレビの仕事が多い人なら、もっと都心の便利なところに住むのが普通よね？

春子は頭の中に疑問符をたくさんつけたままで、それでもすぐに返信した。もちろん、自分の身元を明かし、いつでもお誘いいただければお茶をご一緒します、と書いた。

かなりドキドキしながら。

＊

「そういうことだったんですか」

春子は思わずホッと胸を撫で下ろした。

「よかった……わたし、ネットに何か余計なこと書いてしまったのかと不安になってました。園田は有名選手じゃないんでわたしなんかのことは誰も気にしないかな、とも思うんですけど、やっぱり怖くて」

「ごめんなさいね、驚かせて」

本橋有希は笑顔で紅茶をすすった。

さすがに元人気選手、現在もテレビで活躍する有名人の妻だけあって、とても綺麗な人だ。本橋滋はすでに四十代半ばくらいだろう、息子さんが高校生らしいので有希も四十代のはずなのだが、とても若く見える。明るい栗色に染めた髪が無駄に派手に見えないのは、信じられないほど色白な肌と、明るい色のワンピースの効果だが、有希本人の若々しさも栗色の髪を素敵に見せている要因に違いない。

「一昨日、ほんとにたまたまジムに寄ったら、知り合いのスポーツライターさんがいらしててね、園田さんを紹介されたんです。園田さんその時、ジムの中庭テラスのカフェでお弁当食べてらして。ほら、わたしもお弁当作りが毎日の仕事だから、つい、ね、どんなおかずなのかなあ、って、覗いてしまって。そしたら里芋に人参でボールの縫い目が貼り付けてあったでしょう。あれ、インスタグラムで今朝そんな写真見たな、って思って探してたら、ＯＨＡＲＵさんの写真に同じものがあって。他のおかずも一緒だし、何よりお弁当箱が杉わっぱ。これは偶然じゃないな、って。それでＯＨＡＲＵさんの画像を過去のも見返してみたら、なるほど、がっつりたんぱく質に野菜もしっかり多くて、ご飯の量も普通のサラリーマン向けよりは多めでしょ、そうか、食べ盛りの男の子の為のお弁当じゃなくて、アスリートの旦那さんに作ってあげてる愛妻弁当なんだ、って判ったの。でもライターさんに電話して、園田さんの奥様のお名前が春子さんだ、って確認してからメッセージしたんです。もし間違っていたらわたしの身元が知らない人にバレてしまうから、ちょっとドキドキしてました」

春子は思わず、恥ずかしさで頬を赤くした。里芋にボールの縫い目を人参でつけて遊んだのは、ほんの出来心だったのだ。海苔でサッカーボールにしたほうが素性に結びつかなくていいかな、とも思ったけれど、サッカーボールでは拓郎がガッカリするかも、と、野球のボールに見立てた。

「でも、お返事が来てやっぱり園田さんの奥様だってわかって、とても嬉しかったの。青空市に引っ越すって決まってから、青空市に二軍練習場と選手寮があるホワイトシャークスの人だったら、青空市在住の人も多いんじゃないか、って期待して。奥様たちと知り合いになれたらいいなあ、ってね。でも調べて貰ったけど、ホワイトシャークスの選手でも寮のあるこの青空市に住んでらっしゃる人は園田さんだけだって判って」

「隣りの古宮市のほうが物件も豊富ですし、便もいいですから、古宮市に住んでらっしゃる方が多いみたいです。一軍のホーム球場が都心のど真ん中なんで、将来的には都内に引っ越すことも考えて、お子さんの学校を都内にしている方もいらっしゃいますし」

「園田さんはなぜ、ここに？」

「結婚して園田が寮を出ることになった時、自転車でも練習場に通える範囲に住みたいと本人が言ったんです。園田のポジションは捕手なんで、荷物が多いでしょう。なので電車で通うのは無理だろうけれど、車を長時間運転するのも嫌だ、って。園田の知り合いの選手が車で事故を起こして、その時の怪我が結局選手生命を縮めてしまったということがあったみたいなんです。でも結局、大きなバッグを自転車に括り付けて走るのは大変みたいで、今は車で通ってるんですよ。十五分くらいですけれど」

春子は笑って肩をすくめた。

「園田が、三年以内には引っ越す、だから三年更新のところにする、って今のマンションに決めたんです。三年以内には一軍選手になる、って、そう宣言することで自分を奮い立たせたかったんだと思います。でも、今のマンションは古いですけれど、角部屋で割に広いテラスが付いているんです。わたし、植物を育てるのが好きなので、たくさん植木鉢が置けるのは気に入っています。あの……本橋さんは青空市にどうして……?」

有希は、小首を傾げるようにして少し考えていたが、にっこりして言った。

「ね、唐突なんですけれど、園田さん、お友達になってくださいます? わたしの」

「えっ、ええ、もちろん」

「良かった。友達にならちゃんと話すべきですよね。と言うか、話せる相手が欲しくて園田さんをお呼び立てしちゃったんです。あのね……まず、関西からこっちに引っ越したのは、夫の仕事の関係なの。今までは、関西のチームで引退してそのまま関西で野球解説者になったから、関西中心のアスリート系プロダクションにいたんです。ご存じだと思うけれど、大阪レンジャーズは関西では絶大な人気でしょう。なので、選ばなければ、レンジャーズのOBというだけで仕事はたくさんあるんです。わたしはこちらの出身で、本心では早く東京に戻りたかったんです。まあね、レンジャーズのビジネス圏内にいたほうが引退後の仕事も多くて生活は楽だったし、夫もそれで満足しているように見えたので、このまま大阪で暮して行くことになるんだろうな、って思っていたんですけど、夫は次第に野球以外のことが面白くなったみたいで、バラエティやドラマなんかに出るようになった。そうなるとやっぱり東京在住のほうが何かと便利なんです。特に昨年、NHKの大河ドラマに出させていただいてからは、俳優としての仕事が野球関係より多くなって、それなら東京に拠点を移そうということになったの。以前に所属していたアスリート系プロダクションとの契約が昨年の十二月に切れたので、円満にそこを辞めて、そこの社長さんから紹介された東京の、俳優さんを中心に所属させているプロダクションに移籍しました。でもそれなら都内に住んだほうがいいわよね。で、ちょうど息子が高校受験だったので、息子が野球をやれる高校を探したんです」

「やっぱり野球、やってらっしゃるんですね。プロ野球目指してらっしゃるんですか」

「主人ほどの才能はないですよ、プロなんてまず無理ね。主人もそんなことは期待してないし。小学校から野球やってて、中学は大阪では強いと言われている私立に入ったのね、そこでまあ、準レギュラーくらいかな。なのであまりにも強いところだと球拾いで三年間終わってしまうでしょう、そこそこ頑張ればレギュラーになれるくらいの、運が良ければ甲子園？　くらいの学校がいいと思ったのね。それで第一志望を古宮市のN学園高校に絞ったの」

「あ、知っています。何年か前に夏の甲子園に出ましたね」

「十年に一度くらい、春か夏の甲子園に出てるみたい。埼玉は強豪揃いだから大変よね。でもまあ、うちの子にはそのくらいでいいの。特に今はプロにドラフト指名されそうなすごい子はいないようで、うちの子も今年の夏、一年でレギュラーになれたわ」

「来年が楽しみですね」

「そうね、本人は大学でも野球やりたいって言ってるけど、まあその先は本人が自分の力を見極めて決めればいいと思ってる。どんなに野球が好きでも、プロの選手になれる子はほんとにごくごく少しの天才さんたちだけですものね。えっと……で、息子の高校を都内じゃなくて古宮市の学校に決めた理由が問題なんだけど。……ここからはほんとに、内緒のお話なんです」

「……わかりました。ぜったいに口外しません」

「お願いね。でも……聞いて貰える人が欲しくて欲しくて……ＯＨＡＲＵさんの作ったお弁当の画像を見ていたから、なおさら、このお弁当を作った人に聞いて貰いたい、そう思ったんです。実はね……本橋には、息子の上に女の子が一人、いるんです」

「……あの」

「ううん、本橋は再婚じゃないわ。わたしも彼も初婚でした。つまり、俗な言い方をすれば、隠し子っていう」

　春子は手にしていたティーカップを取り落としそうになった。有希の表情は穏やかで、何の荒ぶる感情もあらわしていない。

「春子さん、ご結婚される前は？」

「看護師でした」

「……羨ましいわ。手にしっかりした職を持ってらっしゃるのね。わたしは本橋と知り合った時、ただの女子大生だったの。父は小さな貿易会社を経営していて、ホワイトシャークスのファンで、お相撲のタニマチみたいな感じでホワイトシャークスの選手の後援会長とかやってたのね。その関係で彼をパーティで紹介されて、なんとなく携帯のメアド交換して。いちおう夢はCAになることだったから、語学学校にも通っていたし、CA養成スクールみたいなとこにも行ってたのよ。でも、あれはわたしが大学三年生の時だったかな、一年くらい交際した頃に彼が試合中に骨折して。そのお見舞いに病院に通っていた間にプロポーズされて。男って、自分が弱っている時にそばにいてくれた人を妻にしたいと思うみたい」

「あ、うちもそうです」

「え？」

「わたしと夫も、わたしが勤めていた病院に夫が入院して、それで」

「あらそうなの！」

「もともと、幼なじみみたいなものだったんですけど……小学校の頃に同じ少年野球チームにいたんです」

「あら」

有希は意外だ、という顔で春子を見た。

「じゃ、春子さん、野球ができるの？」

「中学からはソフトボールに転向して高校で辞めましたから、できる、というほどではないです。夫のキャッチボールの相手も務まらないです」

「それで、園田さんが怪我で入院されて再会したのね」

「はい」

「すごーい。それでロマンスが始まったわけね」

「……錯覚したんだと思います。看護師として当然のことをしていただけなんですけど、優しくして貰った、って」

二人同時に笑った。

「ま、結婚なんて多かれ少なかれ錯覚の上に成り立ってるもんなんでしょうね。わたしも本橋と結婚を決めたのは、この人はわたしを必要としてくれているんだ、っていう錯覚があったからだし。実際には、料理ができて実家がそこそこお金持ってて、お嬢さん育ちで世間知らずな女の子だったら誰でも良かった、のかもしれない。でもたった一つ、本橋は結婚前に誠実さを示してくれたの。それが、自分には隠し子がいる、っていう告白だった」

有希は、整った綺麗な形の眉を少ししかめた。

「本橋はドラフトの下位、五位だか六位だかの入団でね、つまりルーキー時代は世間の誰も注目してなかった。本橋は岐阜の出身で、最初に所属したのは名古屋ラークス。高卒ルーキーだったから入団時はまだ十八歳、子供よね。二軍暮らしの間に先輩に連れてって貰ったキャバクラで、七歳も年上のホステスさんと出逢って好きになっちゃったんですって。で、その女性に子供ができてしまった。そのまま潔く結婚すれば良かったのに、当時の本橋の年俸は五百万に満たないくらいで、売れっ子ホステスさんだった彼女のほうがはるかに稼いでいた。本橋は、年下っていうこともあって、なんとか収入だけは彼女より上回ってから結婚したい、みたいなつまらない意地を持ってしまったのね。相手の女性のほうも、二十歳にもなってない二軍の野球選手なんかと結婚する気はなかったみたい。本橋の話では、名古屋の大きな会社の会長さんの愛人していたこともある人だったとかで、水商売をやめる気もない人だったんですって。本橋と結婚したら、世間がいろいろ言うからホステスはやめないとならないものね。で、生まれた子の認知はしたけれど、女性からは特に養育費をくれとも言われず、月に二、三度くらいの頻度で子供に会いに通っていた。そうこうするうちに、東京のホワイトシャークスの選手がＦＡで名古屋ラークスに移籍して、その人的保障で指名されちゃって、東京に移ることになってしまった。結果的にはホワイトシャークスで本橋の才能が開花して、数年でスター選手に。そしてわたしと出逢った。その告白をされた時、名古屋にいる娘さんは十歳。年俸が上がってからは年に数百万の養育費を送っていたみたいで、娘さんのお母さんも仕事は辞めていた。君にはぜったいに迷惑はかけない、本橋はそう言った。わたしはやっぱりショックで、結婚はできないと思ったの。でも本橋が必死で謝ってくれて、君と結婚したい、君と結婚できなかったら俺はもう一生独身でいる、とかいろいろ言われて……最終的には承知したわ。でも結婚前に父に知られたらぜったい結婚を認めてくれなかったでしょうね。息子ができて、わたしの父が孫にメロメロになっちゃってから打ち明けたの。父は激怒していたけど、ちょうどその頃に本橋がＦＡで大阪に移ることになったから、なんとなく父も折れるしかなくなって。わたしたち夫婦と断絶しちゃったら、孫の顔が見られなくなっちゃうもんね」

有希は苦笑いした。

「幸い本橋は移籍先の大阪でも活躍できて、四十一まで現役やって引退試合もやらせて貰って、引退後も関西で仕事を貰って。プロ野球選手としては、まあ成功した人生よね。そしてわたしも、その意味では夫選びを間違えてはいなかった。本橋も浮気はちょこちょこしてたみたいだし、時には大喧嘩もしたけど、これまで大病もせずに家族三人、ひとまず仲良く暮らしている。これ以上何か望んだらバチが当たる。そう自分に言い聞かせているの。これで良かったんだ、って。でもね」

有希の顔に影がさした。苦悩、という二文字が春子の目の前に浮かんだ。

「……知ってしまったから……知ってしまったのに、知らないふりはできなかった」

何を知ってしまったのですか、その質問を呑み込んだまま、春子は有希の次の言葉を待った。

紅茶はすっかり冷めてしまった。

「本橋の隠し子……ひかりちゃん、っていう名前なんだけど……その子は……知的障害のある子供だったの」

有希は弱々しく微笑んだ。

「……本橋がそのことをわたしに隠していたのは、わたしへの思いやりだったのだと、それは理解しているの。本橋は結婚する時、わたしにはぜったいに迷惑をかけない、と誓った。だからわたしもあえて、そのお子さんの存在は頭から追い出して生きて来た。どんな娘さんなのか一目、見てみたい、と思ったこともあったけれど、それは口に出すべきじゃないと思ったから言わなかった。本橋はわたしの性格をよくわかっていたから、もしそのお子さんに障害があるとわたしが知ったら、何もしないでいることはできないだろうと思ったのね。いつからか、そのお子さんとお母さんにかなりの金額の援助を始めたみたいなんだけど、わたしたちが結婚した時すでに本橋は億を超える年俸をもらっていたでしょう、だから、彼が自由につかえるお金もかなりあったのよ。わたしは生活費と、将来に備えての貯蓄分だけきちんと貰っていれば、残りのお金を本橋が何につかおうと気にしないことにしていたし。ひかりちゃんのお母さんは腎臓を悪くして仕事を辞めて、それ以来本橋が生活費はすべて出していたみたい。ひかりちゃんのお母さんの実家がこの青空市にあって、ちょうどわたしたちが関西に移住した頃に、お母さんとひかりちゃんは青空市の実家に戻ったのね。本橋は東京で試合があるたびに母子に会っていたみたいだけど、わたしは何も知らなかったし、知ろうともしなかった。そして……昨年、ひかりちゃんのお母さんが亡くなったの。ご実家の方も皆さん亡くなられていて、ひかりちゃんはひとりぼっちになってしまった。親戚はいるけれど、知的障害がある、もうじき三十になる娘さんを引き取ってくれるところはなくて、ひかりちゃんは青空市の施設に入った。本橋は……悩んだ末、ひとりぼっちで施設にいるひかりちゃんの近くで暮らしてあげたい、と思ったんでしょうね。仕事のことや息子の進学のこともあって、関東に拠点を移したほうがいい事情もできたから、切り出す時だと。東京に引っ越すつもりで物件探しをしていたわたしに、遂に本橋が言ったの。青空市で家を探したい、って。……あら、紅茶、冷たくなっちゃった。温かいものが飲みたいわ。お代わり頼んでもいい？」

2

タクシーの中は暖房が効き過ぎていて、少し暑かった。隣りに座った有希のからだから、ほんのりと品のいい香水が漂って来る。香水なんて、もう何年つけてないだろう。看護学校に通っていた頃、同級生たちといわゆる合コン、に出た時に、思いきって少しつけてみたことを思い出した。春子にも、拓郎に打ち明けていない小さな秘密はある。その時の合コンで知り合った駆け出しの外科医と、ほんの数ヶ月交際したことがあった。笑顔が感じ良い青年だったが、春子との関係は遊びにするつもりだ、というのがなんとなく伝わって来た。最初のデートの夜にラブホテルに誘われたのも、春子の気持ちを冷めさせた。結局、何も進展しないまま別れたけれど、一度だけキスをしたことがある。もう顔もろくに思い出せない人だけれど、それでも拓郎に話していないのは、自分の心のどこかに後ろめたさがあるせいなのだろう。誰の人生にでも秘密はあり、どんなに好きな相手にでも話せないことはある。好きだからこそなおさら、話せないことも。

これから施設にいるひかりさんに面会に行くの、と有希が言った。もし時間があるなら、一緒に来ていただけないかしら。

なぜ誘われたのだろう。そして自分は、どうして、有希と一緒に行くことにしたのだろう。はっきりとはわからないが、ただ、有希の誘い方があまりにも自然で、ついうなずいてしまった、というのが本当のところだろう。そして有希がひかりという少女、いや、若い女性について話す時のおだやかな表情が、とても魅力的に見えたのだ。

有希は、ひかりさんのことが好きなのだ。

「青空市に引っ越して最初にひかりちゃんに面会に行った時、正直言うと少し怖かったの。夫の話では穏やかないい子だってことだけれど、障害の程度は重めで、介護なしでは生活が困難だと言うし。そういう人とどうやって接したらいいのか、恥ずかしいことにわたし、何も知らなかった。でもね、ひかりちゃんを一目見た時、わあ、なんて可愛い子なんだろうって。わたしね、ほんとは女の子が欲しかったの。息子のことはもちろん可愛いけど、女の子がいたら七五三なんか楽しかっただろうし、夏祭りに娘とおそろいの浴衣で行くなんて、素敵じゃない？　ひかりちゃんを見た時、この子はわたしの娘でもあるんだ、って少し嬉しくなった。法律的には他人だけど、わたしは本橋の妻だものね、本橋の娘ならわたしの娘。そう思ったの」

有希は窓ガラスに額をつけて、外を見ている。

「……わたし、無知だったから。重い知的障害があるってそんなに簡単なことじゃないのよね……。たまたま最初に会った時のひかりちゃんはとても機嫌が良くて、だからにこにこしていて、もともと綺麗な顔立ちの子だから笑顔になると本当に可愛いの。それでつい、家に帰ってから夫に言ってしまったの。施設に入れてるなんてかわいそう、うちに引き取りましょうよ、って。わたし、馬鹿よね。夫にも呆れられたわ。何の知識もなく勉強もしていないわたしが、ひかりちゃんの介護なんかできるわけないのに。それに、施設にいたらかわいそう、なんて、すごく傲慢で間違った考え方だった。専門の知識やスキルのある職員さんたちが適切に介護してくれる施設にいたほうが、ひかりちゃんは楽に生活できる。無知なシロウトのわたしがそばにいたらきっと、あの子は苛立ってストレスをため込んで、そのうち爆発して、自分を傷つけてしまうかもしれない。機嫌が悪い時は手当たり次第に物を投げたり、職員さんに咬みついたりするってことも想像出来てなかった。こっちに引っ越してから三、四回面会に行ったんだけど、一度だけひかりちゃんの機嫌が悪かったことがあってね、わたしと夫の顔を見るなり、悲鳴みたいな声をあげて、机の下に隠れてしまってなかなか出て来てくれなかったのよ。いつもは本当に愛らしい表情をしているのに、その時は……動物のようだった……見ていて気持ちが悪くなってしまった。その時わたし、自分が偽善者なんだ、って思った。ひかりちゃんのお母さんは、ずっとひかりちゃんの介護をして生きていたんだな、って……わたしがのうのうと本橋の妻としての生活を楽しんでいた間、その人はずっと、この子を守って生きていたんだって……」

　有希は涙声になっていた。

「……わたしはまだ、本当の意味で本橋の妻になりきっていないのかもしれない。ひかりちゃんをしっかり受け止めることができてやっと、本橋の妻になれる。ひかりちゃんをのこしてこの世を去った女性の無念、きっと、ひかりちゃんを残して死ぬことが悔しくて心配で、悲しかったと思う……その気持ちを背負ってあげたいの。父のお金で苦労を知らずに育って、なんとなく結婚して、今度は夫が稼ぐお金で気楽に生きて来た自分って人間がね、やっと、生きる、ってことと向かい合える機会が来た、そう思うの」

その施設は、青空市のはずれ、川のほとりに建っていた。周囲にあまり建物がない場所で、施設の玄関先から秩父の山々が遠く見渡せる、なかなか美しい光景の中にある。

軽作業ができる入所者は、施設内の作業場で物作りを習うらしい。売店ではそこで作られた様々な商品が売られている。ジャム、漬物、果実のシロップ、竹細工の小さな篭。刺繍のほどこされたハンカチや、樹脂製のアクセサリー。どれもとても細かな細工で丁寧に作られていて、つけられた値段は格安に思えた。

「ひかりちゃんも、作業場でいろいろ作っているのよ。あの子はミシンが上手なの。お弁当袋とか巾着型のポーチとか、すごく可愛いの。デザインもひかりちゃんが決めてるんですって。お母さんが生きていらした時から、ずっとここに通ってたんですって」

「あの青い花のマーク、見たことあります。この施設のショップマークだったんですね」

「埼玉県内の温泉施設や土産物屋さんに卸しているみたい。関越道のサービスエリアにも商品が置かれてるの見たことあるわ。ひかりちゃんが作った巾着ポーチは人気商品なんですって」

有希はとても嬉しそうに話す。その顔は、娘を自慢する母親の顔だった。

面会の手続きをとって談話室で待つ。少しして、職員の女性と一緒に若い女性が現れた。

ひかりは、本当に美しい少女だった。実年齢はそろそろ三十になるはずなのに、顔だちはまだ幼く、肌はつやつやとして、頬はほんのりと薔薇色だ。少し目元に小じわがあるだけで、ぱっと見ると十四、五歳にしか見えない。亡くなった母親も、さぞかし美しい人だったろう。

「ひかりちゃん、元気だった？」

有希が声をかけると、ひかりは有希を見て微笑んだ。が、そのあとで春子のほうをじっと見つめた。

「今日はお友達を連れて来たの。わたしのお友達よ。だからひかりちゃんとも友達になれると思うの。園田春子さん、ハルちゃんよ」

「はるちゃん」

ひかりはそう繰り返して、なおもじっと春子を見つめる。

「はるちゃん……」

「はじめまして。園田春子です」

春子は握手をしようと手を差し出した。その途端、ひかりが春子に飛びついた。

「ひかりちゃん！」

職員が慌ててひかりを引き離そうとする。ひかりは春子にしっかりと抱きついて離れない。

「……まきゅ」

「え、なに?」

ひかりが何かもごもごと呟いていた。春子はひかりの重さを両腕で支えながら、ひかりの言葉を聞き取ろうとした。

「まきゅう」

「……魔球?」

「おかあさん」

……ひかりちゃん、わたしのこと、お母さんだと思ってる?

「ひかりちゃん、この方はお母さんじゃないのよ」

職員がひかりをそっと抱くようにして春子から離した。

「すみません、ピンク色の服を着ている女性を見ると、時々、お母さんと勘違いするようなんですよ」

春子は自分が着ていた、淡いピンク色のパンツスーツを見た。ひかりは笑顔で春子の袖を摑んでいた。

「おかあさん」

そしてまた呟いた。

「まきゅう」

＊

拓郎はしばらく笑いが収まらず、テーブルに顔を伏せて笑い続けた。

「そんなに笑わないで」

春子はちょっとむくれて見せた。

「ピンクの服に反応しただけよ、ひかりちゃん」

「その人、三十くらいなんだろ、そのお母さんってことは、生きてらしたら五十代半ばは過ぎてるよな、おハル、そんなに老けて見えたんだ」

「ばか」

春子は拓郎の前に置いたがめ煮の器を持ち上げた。

「これ、あげない」

「ごめんごめんごめん、もう笑いません。がめ煮ください」

拓郎はさっそく、色よくいりつけられた鶏肉を口に入れた。

「うまーい。おハル、この味、お袋が作るのとそっくりだ」

「だってレシピ、お義母さまから教わったんだもの。でも拓ちゃん、本橋さんのこと、ほんとに内緒にしてね」

「当たり前だろ、そんな話、誰にも言えないよ」

「有希さんは、拓ちゃんには話していいって言ってくれたの。夫婦の間で秘密はできるだけ少ないほうがいいでしょ、って」

「含蓄ある言葉だね」

「ひかりちゃん、本当に可愛いひとだった」

「知的障害って、どの程度なの？　コミュニケーションはとれるんでしょ？」

「そうね、ひかりちゃん自身が理解しようとすれば、かなり会話ができるみたい。職員さんのお話では、四歳から五歳くらいだと思うって。でも機嫌が悪くなると、いろんなことを理解しようという意欲を失ってしまうんですって。そうなると、ただダダをこねて転げ回ったり、どこかに隠れてしまったり……でもね、手先はとても器用なのよ。ひかりちゃんが作ったティッシュケース、あんまり素敵なんで買って来ちゃった」

「それにしても、人生っていろんなことがあるね。本橋さんって、すごく順調にプロ野球人生おくって、引退してからも稼ぎまくってて、完全に勝ち組だよ。それでもいろんなものの背負ってたんだな」

「打ち明けられなかった事情もわかるけれど……有希さんは、ひかりちゃんに障害があるって知った時、とてもショックだったと思う。知らずに過ごしていた時間が長過ぎる。有希さんが今苦しんでいるのは、その時間をやり直すことはもうできないからだと思う。だから……秘密は駄目ね。秘密にしていたことで失ってしまうものもあるのね……それにしても、まきゅう、って何かしら？」

「魔球？」

「ひかりちゃんが呟いていたの。わたしに抱きついた時に」

「魔球と言えば、大リーグボールでしょう、そりゃ」

「ひかりちゃん、巨人の星、なんて知らないと思うわ」

「俺らの世代でも下手したら、星飛雄馬って知らないもんなあ。俺らの親の世代だよな、巨人の星、に夢中になったのって。でも俺、アニメチャンネルで古いやつの再放送観て、けっこう感動したなあ。あれすごいよな、大リーグボール養成ギブス！」

拓郎はからだで、ギプスに固められた上半身を無理に動かす仕草をして見せた。春子は思わず笑った。

「一号も三号も面白いけど、やっぱ二号だよな。消える魔球！　消えるんだぜ？　そりゃ消えたら打てねーよ」

「小さい頃、従兄と野球盤ゲームで遊んだおぼえがあるの。すごく古い野球盤なんだけど、それに消える魔球、あったわ」

「野球盤で？　どうやって球、消すの？」

「盤に穴が空いてて、球がそこに落ちるの。で、盤の下を通って、バッターボックスのとこで出て来るの。ひょこっ、と」

拓郎は爆笑してまたテーブルに突っ伏した。

「そ、それは打てない！」

「ところが従兄は打てちゃうのよ、ひょこって出て来た時に、バットの先っぽにひっかけるとちゃんと球が飛ぶの」

「なんか、すっごいやりたくなったその野球盤！　インターネットで探せばどっかで売ってるかな」

「無駄遣いはやめてください」

「無駄じゃないじゃん、野球の研究じゃん」

「野球盤で打てるようになっても一軍には上がれません」

「春子さん、厳しい」

春子は笑いながら、拓郎の好物の柿を剝いた。

「まきゅう、って聞えたけれど、ほんとは違う言葉だったのかもしれない。ひかりちゃん、すこし発音が不明瞭なの」

「まきゅう、に似てる言葉か。なんだろう。野球。お灸。砂丘。呼吸」

「ひかりちゃんには、どれもあまり関係なさそう。お灸とか砂丘とか」

「おハルの顔を見て呟いたんだろ、お灸、って」

「おきゅうじゃないってば」

「そのあと、おかあさん」

「そうなの。でもそれは、さっきも言ったけど、ピンク色の服のせいだったみたい。亡くなったひかりちゃんのお母さんがピンク色が好きで、ピンク色の服をよく着ていたんですって。……ひかりちゃんには、お母さんが亡くなったことが、まだ理解できていないんだろうって……」

「単純に比較はできないだろうけど、五歳の子なら人の死はある程度理解できるよね」

「ええ、でもひかりちゃんの場合には、五歳の子と同じというわけじゃないから。職員の方が言ってらしたけど、ひかりちゃんの心の世界が何を理解し、何を理解していないのか、正確に把握することは不可能なことみたい。ひかりちゃんは答えたい質問にしか答えないし、自分を賢く見せようとして気の利いた答えを選んだりもしない」

「なるほどな。単純に五歳の子供と同じ、って考えたら駄目なわけだ」

「たとえば五歳の子と同じくらいの思考力、理解力しかないとしても、ひかりちゃん自身は三十年生きていて経験は積んでいるわけですものね。でもお母さんが亡くなったことが理解できていなくて、今でもお母さんが迎えに来てくれるのを待ち続けているんだとしたら、ちょっと胸が痛い」

「時間をかけて理解して貰うしかないんだろうな」

「わたし、これからもひかりちゃんに会いに行っていいかな。もちろん有希さんと一緒に」

「本橋さんが誘ってくれるならいいんじゃないかな。でもおハル、おハルは賢いからわかってると思うけど、本橋家の問題には他人は何も口出しできないし、何か役に立とうなんて思わないほうがいいよ」

「うん、わかってる。今日、ひかりちゃんはわたしが気に入ったみたいでとっても機嫌が良くて、有希さんも喜んでたの。それで、また一緒に会いに行ってくれたら嬉しいって言われたから」

「有希さんはきっと、心の重荷について話す相手ができて嬉しいんだろうな。いずれにしても、ひかりさんの人生はまだまだ先が長い。ひかりさんにかかわるなら、その長い未来もずっとかかわっていく覚悟が必要だと思うんだ。同情にしろ興味にしろ、一時的な感情でひかりさんとかかわって、こちらの都合でかかわりを断つなんてことはできないし、したらいけない」

「はい。肝に命じます」

「うん、でも、ひかりさんがおハルといて楽しいなら、それはひかりさんにとってもいいことなんだろうな。ところでさ、おハル、来年俺、グアム行くことになったから」

「グアム？」

「袴田《はかまだ》チームの自主トレに参加させて貰えることになったんだ」

「袴田チームって、あの、福岡ドルフィンズの？」

袴田啓吾《けいご》は拓郎の憧れの人だ。常勝チーム福岡ドルフィンズの正捕手で、ワールド・ベースボール・クラシック代表の四番打者。キャッチング、リード、スローイング、バッティング、すべてが素晴らしい、と拓郎がいつも絶賛している。

「すごいじゃない！」

「清水さんから誘われたんだ。袴田さんたちは毎年グアムで自主トレしてるんだけど、おまえもどうか、って。で、費用のことなんだけど」

「いくらでもつかって」

春子はどん、と胸を叩く仕草をした。

「そういう時の為に、普段からケチケチ貯めてるんだもん」

「俺なんかには贅沢な話なんだけど」

「憧れの袴田さんを間近に見られて一緒に練習できるんでしょう。そんな機会、滅多にないじゃない。行ってらっしゃい」

「三週間だよ。けっこう長いよ」

「大丈夫、わたしだっていろいろやりたいことはあるもん」

「ちょうど帰って来た頃に、キャンプがどっちになるか発表されるなぁ」

一軍のキャンプに呼ばれて沖縄に行くか、二軍メンバーとなって宮崎に行くか。開幕一軍メンバーとして来シーズンをスタートする為には、一軍キャンプに呼ばれることが重要だ。実績のある選手なら二軍キャンプからでも一軍登録されるが、拓郎のような立ち位置の場合、キャンプが二軍なら開幕もそのまま二軍になる可能性が高い。

大丈夫、と答えたものの、正月明けから三週間も拓郎がいない、と考えると心細いのは確かだ。しかもそのあと、一週間後にはキャンプが始まり、また一ヶ月も留守になる。

プロ野球選手の妻は、夫と過ごせる時間が短い。結婚前に年間スケジュールを説明して貰ってわかっていたつもりだったが、実際に結婚生活が始まってみるとその短さを実感することばかりだ。シーズンが始まれば月に二、三度は遠征があり、シーズンが終わると教育リーグ、秋季キャンプ。オフになっても一緒にのんびり過ごせるのは年内くらいで、年が明けたら本格的な自主トレを海外で行う選手も少なくない。

春子は口の端に力を込めて笑顔を作った。

拓郎は袴田チームの一員になれることがよほど嬉しいのか、楊枝で柿を口に運びながら鼻歌を歌っている。

春子は皿を洗いながら、まきゅう、について考えていた。

あの時、ひかりはわたしをじっと見ていた。母親が好きだったピンク色の服を着た女を。それから、まきゅう、と呟いた。まきゅう。滑舌があまり良くないひかりの言葉だから、そのまま、まきゅう、と言ったのではないと、春子は思った。では何と言ったのだろう。まきゅう、にいちばん似ている言葉は？

薄いピンク色のパンツスーツ。中に白いブラウスを着ていたけれど、上も下もピンク色。ひかりはおそらく、以前にそういう姿の母親を見たことがあるのだ。

やっぱりパンツスーツ？　それとも……

何かの……制服……？

そして、まきゅう、にいちばん似ている言葉。

あ。

もしかすると……

そう、難しく考えることはないのかもしれない。いちばん似ている言葉は。

3

「……知らなかった」

本橋滋の声は、少し震えていた。

「……あの人が……女子野球をやっていたなんて」

「一度も話してくれたこと、なかったの？」

滋は、有希の質問に小さく首を横に振った。

「なかった。……どうして話してくれなかったんだろう……」

三十年以上前の写真だった。箱に収められたひかりの母親の遺品は、ひかりが暮らす施設のロッカーにしまわれていた。

ピンク色のユニフォームに身を包み、日焼けした肌に白い歯が映えている。健康的な美しさに溢れる笑顔をこちらに向けているこの人が、ひかりのお母さん。

　確かに、ひかりによく似ていた。

「ソフトボールじゃなくて、野球なのね」

　有希が写真をそっと箱に戻した。

「まきゅう、じゃなくて、やきゅう。ひかりちゃんはそう言ったのね。春子さんの姿に、この写真の若いお母さんの面影を見つけて」

「きっと、ひかりさんを育てている間に、この写真を見せて、野球のことを話していたんですね。たまたまわたしとお母さんの背格好が似ていたから」

「どうして言ってくれなかったんだろう……あの人も野球をやってたんなら、もっともっと……いろんな話ができたかもしれないのに」

　滋はそう呟いて、溜め息をひとつ吐いた。


　ひかりの母の気持ちが、春子にはわかる気がした。

　ひかりの母は滋より七歳も年上だったという。それでなくても、その人の言葉は滋にとって、自分を支配しようとする上からの目線での言葉に聞えただろう。その人は、若い滋に余計なプレッシャーをかけたくないと思った。

アスリートの妻は、二種類いる、と言われる。夫が人生を賭けているその競技に精通し、練習のパートナーまで務められる人と、まったく競技に関しては無知で、その分、夫の精神に負担をかけずに食事や健康面のサポートに徹する人。どちらがいい、悪いの問題ではなく、そのアスリートが配偶者に何を求めているか、が大事なのだ。春子自身は、自分が野球をやっていた、ということは極力忘れるようにして、食事、睡眠、リラックス、を拓郎に提供するのが自分の仕事だと思っていた。そしてひかりの母もおそらく、春子と同じように考えたのだろう。

ひかりの母は、滋を愛していたのだ。深く、深く。

それなのに、妊娠が判っても滋と結婚しようとはしなかった。それを滋も有希も、当時の滋は二軍選手で年俸が低く、売れっ子のホステスとして高収入を得ていた彼女が、結婚相手として滋では不服だったから、だと思っていた。けれど、それはおそらく違うのだ。

その時の彼女の気持ちは想像するしかないけれど、きっと彼女は、若い滋を自分や子供に縛りつけたくなかったのではないだろうか。まだ二十歳そこそこだった滋が野球だけに集中できるように、未来の為に野球に専念できるように、彼女は身をひくことを選んだのだ。

きっと。

でももう、彼女はこの世にいない。彼女がどう考え何を思っていたのかは、永遠にわからない。

たった一つわかったことは、彼女は野球をしていた頃の自分が好きだった、ということ。愛する娘に、自分がいちばん気に入っている写真を見せて、野球について語っていた日々。

それは正しい選択だったのだろうか。少なくとも滋はひかりの父親なのだ。彼女は滋と結婚し、二人でひかりを育てるべきだったのかもしれない。

けれど、人生の選択は、振り返って正解だったのかどうかと考えることには意味がない。選択されてしまった道を進むしかないのだ。そして、正解だったのか不正解だったのかは、最後の最後まで誰にもわからない。

春子は有希を見た。有希はなぜか、とても清々しい表情をしていた。有希は覚悟を決めたのだ。自分がひかりの新しい母親になるのだ、と。それは決して簡単な道ではない。どれほどの苦労と悲しみが待っているのか、想像もつかない。だが同時に、もしかすると、予想もできなかったほどの大きな幸せが待っているのかもしれない。

消える魔球。

もしかするとあの野球盤ゲーム、まだ親戚の家にあるかもしれないな。年が明けたら拓郎は三週間グアムに行ってしまう。その間に親戚を訪ねて探させて貰おう。

＊

消える魔球は、大リーグボール、確か、2号だったっけ。

大リーグボールは、体格が小柄で、球が「軽い」という致命的な欠点を持った星飛雄馬が編み出した、夢の魔球だ。1号は自分からバットに当たってしまい、ゴロにしかならない魔球。2号はグラウンドの土を巻き込んで見えなくなってしまう、消える魔球だった。

もしかすると、ひかりは「野球」と言ったのではなくて、本当に「魔球」と言ったのかもしれない。母親が女子野球のピンク色のユニフォームを着た自分を写真を愛する娘に見せながら、お母さんは魔球が投げられるのよ、と教えたのかも。

ひかりの母は、大阪の女性お笑い芸人やホステス、タレントなどで作っている女子野球チームのエースピッチャーだったらしい。もともとは高校までソフトボールの選手で、オリンピック選手候補にもなるくらいだった。魔球、と呼ばれるような変化球を投げたことだって、あったのかもしれない。

本橋滋には内緒にしていた、彼女の青春。

春子は久しぶりに、白球を追いかけていたグラウンドの景色を思い出した。

自分にも、そうした青春時代はあったのだ。自分の為だけに走り、投げ、打って、自分の人生のど真ん中に自分を置いて生きていた時代が。

いつのまにか、春子の人生の真ん中には拓郎が立っていた。

そのことは少しも後悔していない。拓郎を真ん中に立たせることが、自分の仕事だと割り切っているのだから。

でも……

本橋滋は泣いていた。なぜ話してくれなかったのか、と。

自分も野球をやっていたことを、どうして秘密にしていたのか、と。

もしかすると……わたしは何かを間違えているのかも、しれない。

自分の人生の真ん中に立つのは、自分であるべきなのかも。

今年もあと三日。二週間前に契約更改があり、拓郎は無事に来シーズンもホワイトシャークスで野球ができることになった。年俸も少しだけ上がった。ほんの少しだけれど。今日は仕事納め、一軍のクラブハウスは明日から正月七日まで閉まり、選手寮からも選手がいなくなる。拓郎の自主トレも今日で年内は終了。明日は二人で大掃除をして、夕方には車で春子の実家に向かう。元日まで春子の実家で過ごしたら、二日からは拓郎の実家へ。拓郎は四人きょうだいの末っ子なので、毎年二日には兄や姉とその家族が実家に集まるから大変な賑やかさだ。一方、春子はひとりっ子。明日からの実家滞在では、実家の大掃除とおせち作りが目的だ。

掃除の合間に、冷蔵庫の残り物で昼食を済ませた。そのついでに少しパソコンをたちあげてインターネットにアクセスする。

メールが届いていた。

『春ちゃん、メールありがとう！　ほんと久しぶりだねー。メール貰えてとっても嬉しかったです。わたしのこと憶えていてくれて、ほんとありがとう。

わたしはずっと同じ病院で働いています。仕事は忙しいしお給料には不満もあるけれど、好きで選んだ道だものね、働くことは楽しんでいます。

で、お問い合わせの件ですけど。

スポーツ整体師の勉強をするなら、やっぱり学校に通うのがいいと思うよ。資格が必要なわけじゃないみたいだけど、資格をとるくらいのつもりで勉強しないと身につかないんじゃないかな。

春ちゃん、復職する気はぜんぜんない？　春ちゃんの旦那さん、野球選手だものね、奥さんが働くのってまずいのかな。でもわたしたち、ものすごく勉強してやっと資格をとったんだし、もったいない気がします。

あ、ごめんなさい、余計なこと書きました。

いずれにしても、うちの病院の整形外科の先生に、おすすめの学校訊いてみますね。

近いうちにランチでもしない？

年明けのシフトが今日にでも出ると思うので、休みの日が決まったら知らせますね。

それじゃ、また。あ、LINEやってる？　やってるなら繋がろうよ。

美香子　』

復職することも、実は考えている。

春子はメールに返事を書き終えて、送信終了の画面をしばらく見つめていた。

年が明ければ拓郎にとって、勝負の年が始まる。

拓郎にとって、人生最大の試練となるかもしれないこの一年。けれどあえて、いや、だからこそ、春子は働きに出ようかと思っている。もちろん、拓郎が引退するまでは、家の中のことは全部自分が引き受ける、と覚悟して結婚したのだから、それはやり遂げるつもり。でもスポーツ栄養士基礎講座が終了すれば、週に何日かははパートで働ける。どこかの医院で看護師として働くことで、自分の人生の真ん中に自分の足で立つ練習を始めたいのだ。

拓郎に甘え、その背中に隠れて生きていくのは楽だけれど、それでは本当の意味で拓郎を支えていることにはならない、そう思い始めている。

人生の選択が正しかったのか間違っていたのかは、最後までわからない。

拓郎の為に仕事を辞める選択をしたことは、後悔していない。

けれど、拓郎の為にできることが掃除と洗濯と料理だけ、だとも思わない。

何ができるのかわからないけれど、何ができるのか考えてみるだけでもいい。考えてみたい。

牧野美雪は進級して、スポーツ栄養士の資格をとると言っていた。それも一つの選択肢だ。

川田陽平と結婚した美菜さんは、ピアノ教師は辞めないと言っていた。それもまた、一つの選択。

そして有希さんは、障害児教育を学ぶ為に大学に入り直す決心をしたらしい。

彼女たちはみな、自分の人生の真ん中を歩き続ける為の選択をした。

春子は思う。

わたしは拓郎を愛している。そして、愛する人の為にできることをすべてしたい、と思っている。その気持ちに偽りはない。自分のことよりも夫のことを優先させている今の自分を、恥じてもいない。

けれど、自分の人生を他人に歩かせてその後ろをついていくだけでは、前を歩く人は幸せにはなれないのだ。

愛する人の為にできることは、きっと、たくさんある。

何ができるか、何をしてあげられるのか、これまで真剣に考えて来なかったことを、これからはしっかりと考えていくつもりだ。

春子はパソコンをしまい、掃除機のスイッチを入れた。

ほこりが舞うので開けたサッシ窓から、陽気な歌声が風にのって聞えて来る。そうだ、今日は町内会の餅つきがある日だった！　餅つきのはずなのになぜか毎年、カラオケ大会になってしまうらしい。そう言えば、登美子さんが予選を通過して出場したのど自慢、いつ放映だったかな？

小春日和の青空が、テラスの向こうに見えている。

この町が好き。春子は思った。

単行本のためのあとがき

新しい物語がスタートしました。

青空市に住む、春子さんのお話です。春子さんは元看護師の新婚主婦。夫はプロ野球選手ですが、ほとんど二軍の試合にしか出ていない無名の選手、拓郎くん。

とても仲良しの春子さんと拓郎くんですが、幸せの塊みたいに見える二人にも、それぞれの葛藤や挫折があり、それぞれの悩みや迷いがあります。

そして、二人の日常生活に時々迷い込む「ちょっと変だな?」。春子さんはそんな「ちょっと変だな?」について考えるのが好きですが、春子さんが辿り着いた「変の理由」には、ちょっぴり悲しかったり怖かったり、胸が痛かったりするものもあるようです。

そう、この物語は二つの性格を持っています。一つは、春子さんという一人の女性が、結婚生活をおくりながら様々なことを考えたり学んだりしていく物語。そしてもう一つは、

「日常の謎」を解く、謎解き物語でもあるのです。

どちらにより重きを置く、というのではなく、日常の謎が解けた時に春子さんの人生に新しい景色がくわわる、そんなふうにどちらも楽しんでいただけたら、と思います。

以前に野球小説を何作か書いた時、プロ野球選手の奥様たちにお話を訊く機会がありました。部外者はなかなか知ることのできない「プロ野球選手の妻」の生活ですが、この物語ではそうしたこともほんの少し、覗いてみていただけるかと思います。

なお、この物語は、書き下ろしアンソロジー『捨てる』（文藝春秋）に収録されている『花子さんと、捨てられた白い花の冒険』を土台に、新しいシリーズとして連作集にいたしました。主人公の名前が花子から春子に変更されたのは、作者の都合によるものです。花子、という名前もとても好きなのですが、好き過ぎて、連載中だった別の作品にも使用してしまっていたのです。でも、春子、という名前も、青空市の景色とぴったりと合って、なかなかいいな、と思っています。

この新しい物語を気に入っていただけたら本当に嬉しいです。

できれば書き続けて、春子さんの成長や、拓郎くんの活躍をまたお届けしたいと思っています。

二〇一六年八月十一日

柴田よしき

解説

吉田伸子（書評家）

八億円、六億一千万円、五億円。この数字にピンと来た人は、かなりの野球通だろう。これ、日本人プロ野球選手の推定年棒で、上から順に二〇二一年度の、巨人の菅野智之選手、ソフトバンクの柳田悠岐選手、ヤクルトの山田哲人選手のものだ。もちろん、彼らは球団内のトッププレーヤーで、球団の〝顔〟でもある。なので、これくらいは相応なのだ、と私が思えるようになったのは実はここ数年のこと。それまでは、正直に書きますが、「けっ」と思っていた。高すぎだろ、と。

では、どうして今はその年棒に納得しているのかというと、三年前に推し球団ができたからだ。その辺りの経緯は割愛するが（ちなみに推しはオリックスバファローズです）、とにかく、プロ野球は、知れば知るほど面白いし、奥が深いのだ。

とはいえ、こんな年棒で契約できるのは、プロ野球の一軍選手の中でも、トップ中のトップ（一億円プレーヤーが大台、と言われる世界で、五億、六億、八億というのはモンスター級である）。そして、私たちは普通、プロ野球選手といえば一軍選手を思い浮かべるけれど、プロ野球には二軍があり（三軍まである球団も）、二軍選手もいる。本書の主人公は、その二軍選手の妻である園田春子だ。

春子の夫・拓郎は東京ホワイトシャークス二軍に所属している。高卒八年目の25歳。ポジションは捕手。この設定、筋金入りのヤクルトスワローズファンでプロ野球通である柴田さんならでは、の妙だろう。普段はスポットの当たる機会が少ない二軍選手を、物語の中に置くのは、柴田さんのプロ野球愛でもある。

春子と拓郎の馴れ初めは、看護師として勤める春子の病院に、拓郎が担ぎ込まれたことだが、実は二人は同じ少年野球チームの先輩後輩の間柄だった。結婚する前は、看護師になって二年弱、やっと看護師としての仕事の面白さがわかってきたところだったのだが、拓郎の仕事の特殊性もあり、仕事を辞めた。今でも「毎日一度は」仕事を辞めたことを後悔しているものの、拓郎が野球選手でいる限り、できるだけ頑張って拓郎を支えようと決めている。

収録されている三編は、いずれも埼玉の青空市に暮らす春子の周囲で起こる〝日常の謎〟

と春子による、その謎の解き明かしが描かれている。

「春子さんと、捨てられた白い花の冒険」は、春子のマンションから通りをひとつ隔てたゴミ集積所に、ゴミを捨てに来た男に春子が目を止めたことから始まる。男が抱える段ボール箱の中身を、最初は猫？ と訝った春子が男を目で追ううちに、その中身が花だと分かった瞬間、春子は部屋を飛び出していた。

　男が捨てようとしていたのは、白いパンジーの苗で、それがまだ咲きそうなものだと知った春子は、その〝ゴミ〟をいただいてもよろしいでしょうか、と声をかける。聞けば、男の妻は体が弱く、ベランダで花を育てる時くらいしか外の風にあたれないのだが、ベランダが狭いので、花が終わったものはすぐに処分しないと次の花を育てるスペースがないのだと言う。だから、妻から頼まれて可燃ゴミの日に捨てに来たのだと。男は快く春子にその苗を渡し、名前と住まいを伝えて去って行った。

　これだけなら、春子の身に起きた、ちょっとラッキーな出来事で済んだのだが、その三日後、再び男が花を捨てに来たことから、思わぬ結末に繋がっていく。その展開に加え、そもそもどうして春子が白いパンジーの苗を欲しがったのかまでが〝謎〟となっているあたり、柴田さんの巧さが光る。

「陽平くんと、無表情なファンの冒険」もまた、風変わり（毎回同じ席で二軍の試合を見に来るのに、試合中のリアクションが全くない）なファンの女性、というさりげない入り口から、ちょっと大がかりな〝事件〟を春子が解き明かす、というものだ。こちらは、謎解きの面白さに加え、私のような駆け出しの野球ファンには為になる情報が散りばめられていて、そちらも読み応えたっぷり。

例えば、二軍の選手にとっての公式シーズン最終戦や、新人獲得のドラフト会議がどういう意味を持つのか。二軍の試合のチケットの取り方、等々。なかでもはっとしたのが、拓郎のこの言葉。

「金持ちになったら金をつかうのは社会に対する義務なんだ。そうやって世の中に金をまわさず、自分の懐に溜め込んでしまうと金が死ぬ」

「よく子供たちが憧れる存在になるように、とか言うけどさ、今どきの子供たちは外車なんか見てもなんとも思わないし、時計の値段なんか見たってわからない。プロ野球選手が滑稽なくらい派手な身なりをするのは子供たちの憧憬を集める為なんかじゃない、稼いだ金をパッパとつかって社会に還元して、新しい金が入ってきやすいようにする為さ」

これ、拓郎のチームにドラフト一位で入団し、拓郎を慕っている後輩選手が、結婚式は派手な式はしないつもりだ、と拓郎に言った時の返しなんですが、この拓郎のプロ野球選手としての金銭哲学は、作家である柴田さん自身のものでもあると思う。すみません、私、オリの選手たちの私服に関して、「確かに高そうだけどダサい」と思ってたことを、ここに告白します。この拓郎の言葉に見方が変わりました。

「有季さんと、消える魔球の冒険」は、タイトルどおり、「消える魔球」の謎をめぐる話なのだけど、その謎と同時に、本書に通底する、春子という一人の女性が成長していく、というテーマが最もはっきりと現れている。

春子が看護師としての仕事を辞め、今は拓郎のサポート（と家計の管理）に徹していること、は先に書いた。そしてそれは、「愚痴も文句も多い普通のおばさんなのだが、結局、最後はいつも誰かの為に働いていた」という母の姿を春子が見てきたことにも関係している。とはいえ、仕事を辞めたことへの後悔や、自分自身の収入がないことへの不自由感は、小さな棘のように春子の日々にある。

プロ野球の二軍選手の年棒は、その選手の実力次第だろうが、拓郎のポジならば5～600万円くらいだろうか。額面だけを見れば悪くない数字ではあるけれど、拓郎はサラリーマンではない。力が及ばなければ、いつ戦力外を言い渡されてもおかしくないのだし、そもそも選手生命はそれほど長くない。むしろ、捕手のマスクを脱いでからの人生のほうが長いのだ。だから、今は自分のことは後回しでいい。拓郎ファーストでいい。そう思っていた春子の意識が、三話での謎を解き明かすことで、変化する。

「いつのまにか、春子の人生の真ん中には拓郎が立っていた。／そのことは少しも後悔していない。拓郎を真ん中に立たせることが、自分の仕事だと割り切っているのだから。／でも……」

「もしかすると……わたしは何かを間違えているのかも、しれない。／自分の人生の真ん中に立つのは、自分であるべきなのかも。」

そして、春子は復職することも視野に入れ始める。「自分の人生の真ん中に自分の足で立つ練習を始めたいのだ」と。拓郎を愛している気持ちに偽りはないし、拓郎を優先させる今の自分を、恥じてもいない。「けれど、自分の人生を他人に歩かせてその後ろをついていくだけでは、前を歩く人は幸せにはなれないのだ」

そう、愛にはさまざまな形があって、どの形だと良いとか、悪いとかはない。ただ一つだけ確かなのは、そこに依存があってはならない、ということだ。どちらかが一方的に依存したりされたり、もしくはお互いに依存し合うのは、愛ではない。たとえよく似ていたとしても、それは愛とは別のものだ。依存、を「尽くす」と言う言葉に置き換えてもいい。誰かに尽くすことは尊いことではあるけれど、でもそれは愛ではない。

とりわけ、夫婦という関係性のなかでは、愛の形は絶対的に揺るぎのないものではないし、不変なものでもない。歪むこともあれば、壊れることだって、ある。そして、依存は、時に支配に変わることさえ、ある。

だからこそ、大事なのは、「自分の人生の真ん中に立つのは、自分であるべき」なのである。春子の気付きは、一人の人間として、とてもとても重要な気付きであるのだ。そういう、人が生きていく上での大切なことを、物語の中にきちんと落とし込んでいるところが、実は本書の最大の魅力だと思う。だからこそ、これから春子がどんな道を選んでいくのか、もっと読みたい。拓郎を支えつつ、そして、新たに増えるかもしれない家族をも支えつつ、春子が自分の人生の真ん中に立つ姿を読みたい。続編が待ち遠しいシリーズである。

単行本　二〇一六年八月　原書房刊

コスミック文庫

あおぞら町《まち》 春子《はるこ》さんの冒険《ぼうけん》と推理《すいり》

2022年3月25日　初版発行

【著 者】
柴田《しばた》よしき

【発行者】
杉原葉子

【発 行】
株式会社コスミック出版
〒154-0002 東京都世田谷区下馬 6-15-4
代表　TEL.03(5432)7081
営業　TEL.03(5432)7084
FAX.03(5432)7088
編集　TEL.03(5432)7086
FAX.03(5432)7090

【ホームページ】
http://www.cosmicpub.com/

【振替口座】
00110-8-611382

【印刷／製本】
中央精版印刷株式会社

乱丁・落丁本は、小社へ直接お送り下さい。郵送料小社負担にて
お取り替え致します。定価はカバーに表示してあります。

ISBN978-4-7747-6367-5 C0193